たたかう！ジャーナリスト宣言

ボクの観た本当の戦争

志葉玲 Rei Shiva

社会批評社

目次

第7章　激戦地レバノンを行く……169

イラスト・増山麗奈　写真・志葉玲　表紙カバー等装幀・宇都宮三鈴

プロローグ

初めての戦争

「ゴゴゴゴ……」。深夜、上空から迫ってくる不気味な音で目を覚ます。爆撃機のエンジン音で起こされるとは、全くイヤすぎる目覚め方だな。暗くて見えないが、米軍の爆撃機はかなり近いところを飛んでいるようだ。「ウウウウ～」と空襲警報のサイレンがあたりに鳴り響く。

私は体を起こし、枕元に置いたカメラを掴んだ。そのとき、窓の外でオレンジ色の閃光が広がる。「ドオオーン、ガシャン！」。凄まじい轟音とともに衝撃波が窓ガラスを割らんばかりにブッ叩いた。建物全体が揺れたかのような衝撃。思わず私は頭を抱え突っ伏した。「テレビゲームみたいな戦争」だって？ 冗談、そりゃ爆弾を落とす側のセリフだぜ。部屋の中は少し煙っていて、窓の向こう側では、花火のような光が降り注ぎ、街を焼いていた。

「イラクの自由」などという、どこまでも厚かましい作戦名が付けられた戦争。連日の空爆で民家が跡形も無く吹きとばされ、市場には犠牲者達の血の水溜りができている。現場に集まっていた人々は、口々に「これが自由か、これが民主主義か！」と叫んだ。病院には消毒薬と、血と膿の混じった臭いがたちこめ、亡くなったばかりの遺体を囲み、肉親達が泣き叫んでいた。中部ヒッラの病院で会った少年は、全身に無数の爆弾の破片が食い込み、苦痛に顔を歪める。レントゲン写真には、白い点がいくつも映っていた。少年は呪文のように繰り返しつぶやく。「ブッシュはテロリスト、ブッシュはテロリスト……」

戦争とは、恐ろしいものだ。まるで、ショーか何かのように、テレビやパソコンの画面で観るのではなく、実際に「空爆される側」にいれば、そんな当たり前のことが嫌というほどよくわかる。

2003年3月22日、開戦から2日遅れでイラク入りした私は、ジャーナリストとして、また「人間の盾」の一員として、バグダッド入りしていた。「人間の盾」とは、自らイラクに留まり、戦争を止めようという体を張った反戦運動。だが、戦争が始まってからは、昼は空爆の被害地を歩き回り、夜は市民のライフラインである発電所や浄水場が爆撃されないよう立て篭もるという、文字通りの「盾」となっていた。「何でそんな無謀なことをするんだ」と批判もされたし、私自身、怖くなかったと言えば、ハッキリ言って怖かった。

今でこそ白状するが、イラクへ突入する前の数日間、夜中に目覚め、「うーん、死ぬのはイヤだなあ」と考えこむこともあった。当時好きだったYちゃんが、「シバレイが行く必要ないよ。きっと日本でできることがあるよ」と止めてくれたことは、正直とても嬉しかった。なぜなら、それまでパレスチナ自治区や旧ユーゴのコソボ自治州などに行ったりしたものの、比較的情勢が安定している時期で「これから戦争が始まるぞ！」というような状況ではなかった。イラク戦争は、駆け出しのジャーナリストだった私が体験した「初めての戦争」だったのだ。

もう一つ白状すると、成田を発つ際、報道陣の前で「戦争を止めてきます！」と勇ましく叫んだりもした私だったが、本当は自分が「盾」としてイラクに行くことで戦争を止められるとは、思っていなかった。世界中の反対を押し切って、勝手に戦争を始めようというブッシュ大統領のことだ。「盾」が何人か増えようが気にもかけないだろう。それでも私は、イラクに行くことにした。

「盾」になれば、サダム政権の厳しいメディア統制からも、ある程度は逃れることができる。この戦争で何が起きるのか、自分の目で見届けられるなら、悪くはない話だと思ったのだ。

開戦直前のイラク

わざわざ、戦争がおっ始まった国に、「目撃者」として突入したのにはワケがある。開戦前、緊張が高まるイラクを訪れた私は、既にあの国はボロボロの状況でとても戦争なんかできたものじゃない、ということを目にしてきたからだ。

あれは02年12月だった。サダム独裁下では、メディア統制が厳しく、ジャーナリストがビザを取ることは容易ではなかったが、一方で世界中から様々な市民グループや反戦団体がイラクを訪れていた。日本からも「イラク国際市民調査団」がイラクを訪問したが、私やその他のメディア関係者たちも、それに便乗させてもらったのである。

「調査団」のメンバーは、高校教師や保母さん、サラリーマンや現役高校生など、これから戦争が始まるだろうという国に行くには少々奇妙な面々だったが、皆の思いは一つ、イラクにどういう人々が住んでいて、どのような状況なのだろうか、見てみたいということだった。

私が特に興味を持っていたのは、経済制裁の影響だった。1990年のクウェート侵攻以来、イラクに対しては、国連安保理による厳しい経済制裁が続いていた。湾岸戦争後も、「大量破壊兵器開発の阻止」の名目で制裁が続けられ、食料や医薬品すらも輸入が規制された。だが、食料自給率が3割ほどの国に食べものが入ってこなくなれば、一体どうなるだろう? 答えはカンタンだ。毎月数千人という規模で、イラクの一般市民、特に子どもや老人がミイラのようにガリガリに痩せて死んでいった。この惨状に、国連高官だったデニス・ハリディ氏も、「これはもはや虐殺だ」と抗議し、その職を辞した。

その後、国際的な批判の高まりにより、96年末に経済制裁が部分解除される。「Oil for Food(食料のための石油プログラム)」と呼ばれるこの部分解除は、イラクの石油の取引を限定的に認め、食料や薬を輸入することを許す、というもの。だが、制裁部分解除の後も、大勢のイ

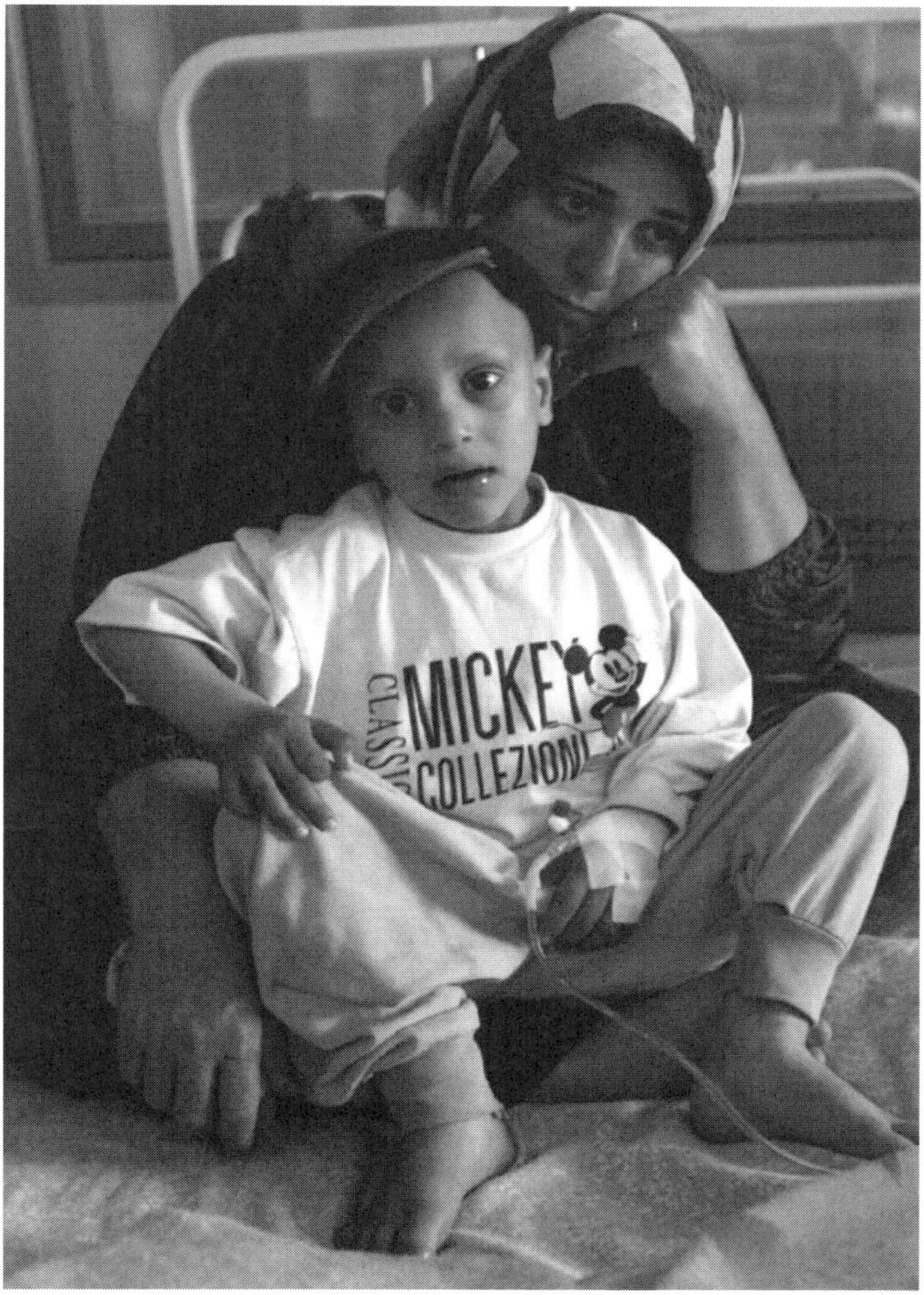

白血病に侵された少年

ラク市民が死んでいく状況は変わらず、2000年のユニセフの発表では、10年間の制裁で、何と150万人の一般市民が食料や医薬品の不足のために亡くなったのだという。

イラク戦争の危機が現実化するにしたがって、テレビのチャンネルをつければ、大量破壊兵器やら査察ばかりやっていた。だが、経済制裁による「静かな大量虐殺」については、ほとんど報じられなかった。まして、経済制裁解除に対し、日本も米国やイギリスとともに強硬に反対してきたことなどは報道されなかった。だからこそ、マスメディアではなく自分自身の目で観ることが大切だ、と私は考えるようになったのだった。

「市場には食料があふれていた」という日本を発つ前読んだ新聞記事の通り、到着後バグダットの市場に行ってみると、確かに様々な食べ物を売っていた。しかし、バグダッド医科大学のフサーム・ジョルマクリー教授は、「問題は、食べ物がないことではなく、食べ物が買えないことです」と言う。

「イラクは、戦争前の6000倍というハイパーインフレにあります。そうした中で、限定的に輸入された食品は非常に高く、人々が十分な栄養を摂取するのは容易ではありません。栄養失調は未だ深刻なのです」

街で人々に話を聞くと、たとえば粉ミルク1缶が、質の良いものは3000イラクディナール（当時のレートで1ドル＝2000イラクディナール）するという。何んだ、高くないじゃないかと思うのだが、イラクの人々の平均月収は10ドル程度。貧困層の人々にとっては、粉ミルクですら高値の花なのだ。「イラク市民調査団」のメンバーには、保育士の市川美紗さんがいたが、彼女は病院にいた赤ちゃんを抱え上げ「軽い！　日本の赤ちゃんよりずっと軽い！」と驚いていた。

そもそも、イラクには粉ミルク工場があったのだが、これらの工場は湾岸戦争の際の空爆で破壊されてしまっていた。工場を復旧させるには、様々な部品が必要だが、経済制裁のため、部品が輸入できなかったのである。

栄養不足になると当然、体が衰弱して病気にかかりやすくなるが、上下水道施設も破壊され復旧できないために、不衛生な水を飲んだ子ども達は次々に病気になってしまう。病院に連れていっても、やはり経済制裁が壁となる。バグダッドのマンスール小児病院を訪れたとき、案内してくれたイハブ・ラアド医師は、「いつ必要な薬が届くかわからない。たまたまその場にある薬を使うしかない状況で、どうやってまともな治療ができるんだ！」と苛立ちを露わにしていた。

経済制裁の部分解除後も、医薬品は「化学兵器の材料となる」として輸入できなかったり、輸入できる薬も、国連安保理の審査は時間がかかり、病院に薬が届くまでには薬の使用期限が切れていたりしていた。薬の保管庫も見せてもらったが、空の棚が目立つ。調査団メンバーで元大手製薬会社社員の雨宮功さんは、「あと10年も経済制裁が続いたらこの国は終わりだろう」と呻いた。

イラクは、戦争が始まる前から、経済制裁ですでに社会的なインフラも人々の生活もボロボロだった。この上、戦争などあったら一体どうなってしまうのか。

戦場ジャーナリストの誕生

確かに、サダムはいけ好かない奴かもしれないが、イラクの普通の人々には罪はない。もう、充分すぎるくらい、あの国の人々は苦しんだのだ。それにサダムだって、元はと言えば親米政権を倒したイランでのイスラム革命を潰したくて、米国が武器や資金を与えて育てたフランケンシュタインじゃないか。「イラクの人々を独裁から救う」と言いながら、なぜイラクの人々を殺そうとするのか。こんな理不尽な戦争は、何としても止めたかった。

私は、2003年1月17日にその行動を開始した、反戦・平和ネットワーク「World Peace Now」に、実行委員として積極的に加わった。9・11事件後に創られた、20～30代中心の平和運動「CHANCE!」に、ひょんなことで加わることをきっかけに、私は反戦運動にのめり込んで行ったのだが、「日本の反戦デモは欧米に比べ参加者が少なすぎ」「たかだか100人程度集まったところで何ができるのか」と、手応えのなさを感じていた。

そこで、私は「CHANCE!」の仲間達とともに、昔ながらの反戦・平和運動を担ってきた各団体や、「戦争は最大の環境破壊」という環境系ＮＧＯ、「人々を最も苦しめるのは戦争」という開発支援系ＮＧＯ、「戦争こそ最大の人権侵害」という人権団体へと連携を訴えた。

ピースボートやグリーンピース、アムネスティ・インターナショナルといった有名団体を前面に出して記者会見を行い、世間の人々に私達の活動を知ってもらおうとした。実行委員の尽力と世界的なイラク反戦の盛り上がりの中で、World Peace Now は、最近の日本の反戦運動としては大きな盛り上がりを見せ、1月17日には約7000人、3月8日には約4万人が日比谷公園に集まった。しかし、世界の平和を願う声を無視して、ブッシュ大統領がイラクへの攻撃を始めるのは、もう目に見えてきた。

本当に悔しかったが、私は無力だった。私は、イラク戦争を止められないどころか、小泉首相（当時）の対米追従すらも止められない。そう考えたとき、私がそのまま日本に留まるのは、もはや困難なことだった。……ＯＫ、戦争を止められないなら、せめて「正義」だの、「自由と解放」だの大義名分の下で行われる戦争で、一体何が起きるのかをこの目で観て、生き証人になってやる。必ず生きて帰って、日本の人々に自分が何を観て来たのか、伝える。私は、覚悟を決めることにした。空爆下のイラクへ行こうと。それが、戦場ジャーナリスト・志葉玲の誕生のときだった。

第1章　米軍拘束事件

戦争捕虜

「おい、ジャーナリストがいるぞ！」

「なんでお前はここにいるんだ！」

ワゴンの中にいた私を見つけ、検問所の米兵達は急に騒ぎ始めた。「クソ、こいつビデオも撮ってやがる」と私のビデオカメラを取り上げて口汚く罵り、米兵の1人は無線で上官らしき人物と何やら話している。なんだかイヤーな予感がする。そして、米兵はこう宣言した。

「われわれはお前を逮捕する」

私とガイドのカーシムとその友人は、頭に袋を被せられ、プラスチックの結束バンドのようなもので後ろ手に縛られる。03年6月9日、こともあろうか私は「戦争捕虜」となってしまったのである。

サダム政権崩壊後、日本のメディアでは「独裁からの解放」「米軍を歓迎するイラクの人々」といった報道ばかりが目についた。占領の中で何が行われているかを知るために、2カ月ぶりにバグダッドを再訪した私だったが、まさか身をもって知ることになるとは思わなかった。

コトの発端は、滞在していたホテルで、バクダッドの西100キロほどにある都市ラマディの住人と出合ったことだった。イラク人にしてはヒョローとした彼は、「カーシム」と名乗った。イラク西部にいる最大部族「ドレイミ族」の出身だそうだ。カーシムは流暢な英語で、ラマディとその隣のファルージャの状況について話してくれた。

曰く、現地では反米感情が高まり、毎日のように武装したイラク人たちと米兵達との間で戦闘があり、双方に多数の死者を出しているという。英語が堪能で、欧米系メディア相手のガイドも経験しているカーシムは、CNNなどにラマディの現状を伝えるように求めていたが、「あまりに危険」と敬遠されていた。私は、カーシムを通訳兼ガイドとして雇い、ラマディ・ファルージャ取材を敢行することにした。

私とカーシム、そしてなぜかカーシムの友人の3人は6月8日、ラマディ入りした。「イラク最激戦地」とされるラマディでは、カーシムの話通り、多くの人々が米軍によって傷つけられていた。病院で会った男性は、仕事帰りに突然米兵により銃撃され、重傷を負わされたという。使用された弾丸は殺傷力の高いダムダム弾で、病院の医師によれば、内臓がめちゃくちゃに傷つけられており、イラク国外の高度な医療施設でなければ、治療は困難なのだそうだ。

結婚を間近に控えていたAさん（享年22歳）も、ラマディ市内で反米デモが行われた際に米兵が発砲した銃弾が直撃、その場で絶命した。Aさんはデモに参加しておらず、結婚式で必要なものを買いに来たところだったという。

また、ラマディ病院のスタッフによれば、彼らの患者の1人は「米兵に殴り倒され、耳を切り取られた」のだそうだ。ベトナム戦争のときも米兵達は、「記念品」としてベトナム人の耳を削ぎ取り首飾りなどにしたが、同じようなことをしているらしい。これでは、住民達が米軍を嫌い抵抗するのも無理はないというものだ。ラマディ取材最初の晩、私達が泊まったホテルの壁や窓ガラスは、銃弾による穴だらけ。やれやれ、確かにとんでもないところのようである。

翌日9日の朝。カーシムは、彼の母校であるアンバル大学に取材に行こう、と言い出した。彼は工学部を卒業しており、母校に誇りを持っているからだ。私の方はというと、実は、それほど乗り気ではなかったのだが、「イラク各地からの学生が来ているから、話を聞いてみれば」とカーシムが熱心に勧めるので、行ってみることにした。だが、今にして思えば、大学の出入口に米兵達がチェックポイントを構え、構内でもウロチョロしていたことを奇妙だと思うべきだったのだ。

大学では学生たちに、米軍が大学にいることについてどう思うかとか、暴徒達に大学の備品が略奪されたとかについて話を聞いた。3時間ほど取材し、次の目的地に向かうべく大学の出入口に来たところ、「カメラ持っている奴がいるぞ！」と米兵達が騒ぐ。大学構内に入る際、カーシムが米兵達から許可をとったはずなのに何で今さら……だが、米兵達は車のドアを開けて乗り込んできた。

テロを警戒する米軍兵士

頭に袋を被せられて

「逮捕」されてしまった私達は、頭に袋を被せられ、後ろ手に縛られた上、米軍のトラックでどこやらに運ばれた。一体どこへ連れて行く気か。2～3分ほどでトラックから降ろされ、「ここにいろ」と座らされる。そこは小さなテントの中だった。

ようやく頭の袋を取られたが、両手は後に縛られたまま。外にもいくつもテントがある。どうやら、ここはまだアンバル大学の敷地内らしい。見張り役の米兵に、「ここの責任者と話をさせてくれ」と言うと、「待て。あとで尋問がある」と言う。強烈な日差しの下、テントの中は非常に暑い。しかも、いくら待っても尋問が始まらない。イライラし始めた私は、見張りの米兵達をなじった。

「これがアンタ達の言う『自由』とか『民主主義』とか言うやつかい？　大体、もうサダム政権も倒れたのに、あんた達はいつまでイラクにいるんだ？」

米兵達もムッとしたのか、こう答える。

「……われわれは、サダムの奴が隠した大量破壊兵器を見つけなきゃいけないんだ」

「そんなもの一体どこにあるんだい？　査察やっても見つからなかったじゃないか。そもそも査察を続けようとしていたのに、先に戦争始めちゃったんだろ?」と私。

するとと、米兵は声を荒上げてこう言った。

「うるさいな! これは9・11に対するリベンジなんだ! ビンラディンとサダムは一緒に、米国へテロを仕掛けるつもりだったんだ。イラクが攻撃されたのは当然なんだ!」

うーむ、見事なまでの事実認識のズレ……。私は頭を抱えた(両手を縛られたままだけど)。

ブッシュ政権は、イラク攻撃への支持を取り付けるため、「9・11事件の背景にはサダムの影がある」ことを印象づけようとしてきた。だが、実際には、世俗化政策をとってきたサダムは、むしろイスラム原理主義を嫌って弾圧しており、米国の諜報機関であるCIAすら「サダムとビンラディンの共闘関係を示す証拠は何も無い」と否定的だったのだ。だが、FOXのようなブッシュ寄りのテレビ局のニュースばかり観ていた人々は、すっかり洗脳されてしまったらしい。

それで、「自由」だの「解放」だの言いながら、無抵抗のイラク人の耳をナイフで削ぎ落とすような残虐なことをやらかしているのか。私は1人納得した。となると、これは思ったよりも面倒なことになるかもしれないな……。戦争被害を取材していた私は、米兵達からすれば少なくとも「リベンジを邪魔しようとするウザい奴」なのだろうから。

お前はアメリカを憎んでいるのか？

後ろ手に縛られたまま、暑苦しいテントで2〜3時間。やっと、私はキャンプの責任者らしい男のテントに連れていかれた。テントに入ると、かっぷくのいいガタイに口ヒゲの閣下はご立腹のようだった。しかも、机の上には何気なく拳銃を置いてやがる。

「お前はここで一体何をしていた⁉」

閣下は、ドスのきいた声で問い糺す。私としては、やましいことは何もない。自分はジャーナリストだ、と正直に話し事情を説明する。だが、私がイラク民間人の被害を取材していたのが、閣下はお気に召さなかったらしい。

「お前はアメリカを憎んでいるのか？」と詰問され、こちらも「ジャーナリストが戦争による被害を取材するのは当たり前だろう」と切り返す。だが、閣下はさらに驚くべきことをおっしゃった。

「ここはラマディ掃討作戦のための秘密の拠点だ。お前はスパイなんだろう」

なるほど、そういうことだったのか。となると、大学にいた米兵の姿をビデオに撮ったのはまずかったな……。なおも私は、「それならば、われわれが大学入口の検問を通ったときに、なぜ撮影禁止だと言わなかったのか？」と懸命に抗議したが、閣下は「話はこれから送られる所でしろ」と言い捨てた。ＯＫ、そうさせてもらうよ、Mr. Freedom（ミスター・自由）。

ウンザリする尋問を終え、さっきのテントに連れ戻されるとカーシム達がいない。もう護送車に積み込まれたのか、などと思っていると、テントの中にうすらデカい米兵が１人入ってきた。米兵はいきなり拳銃を私の顔に突きつけ、「オレの気分次第でお前をどうにもできるってことを覚えとけ」と凄む。

ムカつくので、「同盟国の人間にこんなことを仕出かして、国際問題になっても知らないぜ？」と私も精一杯虚勢を張るが、何せ拳銃を突きつけられている上、後ろ手に縛られているので、どうにも分が悪い。チッ、あの閣下が「生意気なジャップに礼儀ってものを教えてやれ」とでも焚きつけたのか。全く困った状況だぜ……。

ともかく、何とか撃ち殺されないですんだ私は、カーシム達と一緒にトラックの荷台に乗せられ、どこかへと運ばれていった。米兵達は、ご親切にもまたも頭に袋を被せてくれやがった。だが、こちらも頭を振って、袋を飛ばした。あの土嚢袋の様な袋を被せられていると、息ができず苦しいのだ。

トラックに積み込まれて、２〜３時間ほどした頃、砂漠の中に大きな基地が見えてくる。どうやら、元イラク軍の施設だったものを米軍が接収したものらしい。基地の中をさらにトラックは走っていき、飛行機の格納庫がいくつも見えてきた。そこで荷台から降ろされ、格納庫の方へ引きたてられていく。そこで、それまで後ろ手に縛られていた両手首を一旦解かれ、今度は前の方で縛られた。「また縛られるのかよ」と私は悪態をついたが、それでも後ろ手よりは大分マシだ。

戦時敵性捕虜

後ろ手に縛られていると、肩がひどく痛くなってくる。それにしてもだ。米兵が私の服につけたタグに書かれていることは酷かった。それを読んで、私は自分の置かれている状況を改めて理解した。タグには、こう書かれていた。

Enemy Prisoner of War（戦時敵性捕虜）

やれやれ、敵扱いですか。日本って親米じゃなかったっけ？　「思いやり予算」とやらで、日本政府は年間６０００億円も在日米軍に貢いでいるというのに、同盟国も何もあったもんじゃない……。

格納庫の内部に入ると、有刺鉄線の囲みの中に、イラク人たちが40～50人ほどいた。皆、一様に両手を例の結束バンド（ジップタイと言うらしい）で縛られており、明らかにに10代前半と見られる少年や、松葉杖をついた年配の人もいる。毛布を持っている人もいたが、コン

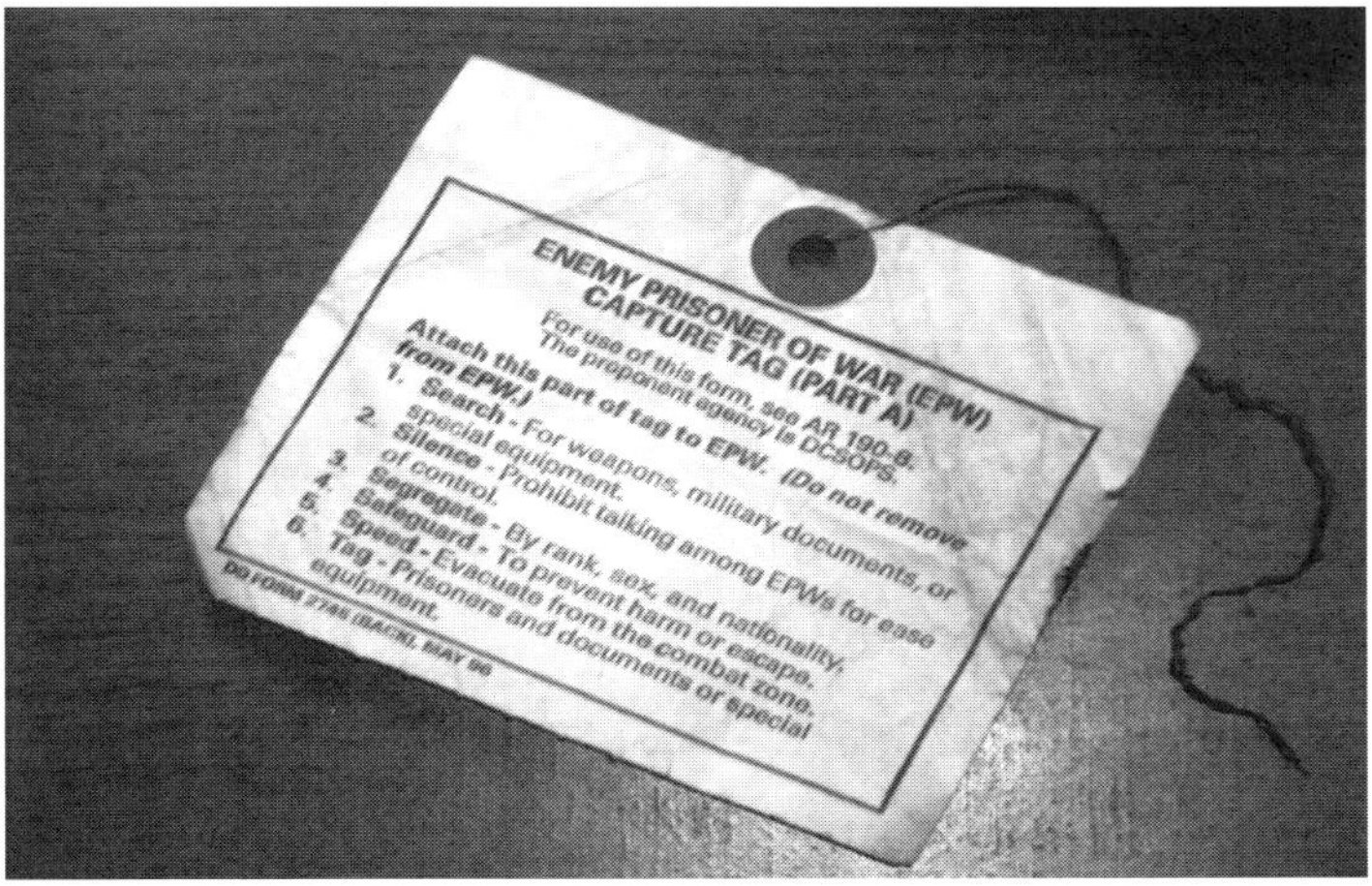

「敵捕虜」と記されたタグ

クリートの床にそのまま寝ている人も多い。疲れきっていた私も、同じ様に硬い床の上に横になる。ナチス時代に強制収容所に送られた心理学者が書いた『夜と霧』という本で、靴を枕にして寝るという話があったが、私も靴を脱ぎ枕にした。

だが、すぐに米兵に呼び起こされた。収容所のチーフが私に会いたいという。チーフは白髪が目立つ50歳くらいの中肉中背の男で、すまなさそうにこう言った。

「ジャーナリストであるあなたを、こんなところに連れてきて申し訳ない。手続き上の処置ではあるのだが、明日係官があなたに事情を聞いて、解放の手続きをとるだろう」

どうやら、大学内キャンプの閣下よりもずっと紳士的な人のようだ。

とはいえ、私は完全に囚人扱いにされてい

た。チーフと話したあとは、有刺鉄線の囲みの中に戻る。私語は許されない。立つことも歩くことも許されない。ただジッと座っているか、寝ているしかできない。少しでも話したり、立ったりすれば、米兵達が飛んできて怒鳴りつけてくる。そこで言うことを聞かなければ、頭に袋を被せられる。トイレは手を上げて米兵に伝え、格納庫の外の砂漠にタイヤを重ねた「便器」で、米兵に監視されながら用を足した。

有刺鉄線の囲みの外では、米兵達がジープに据え付けられた機関銃をこちらに向けて構えている。早く明日になればいい。誤解が解ければ、こんなところとはオサラバだ。私は靴を枕にして眠りについた。

スパイ容疑

翌10日の午前10時、係官から取り調べを受ける。基本的に、大学内のキャンプとさして変わらない質問内容。やはり、スパイ容疑がかけられているらしい。

「言っておくが、私は〝ジェームズ・ボンド from トーキョー〟なんかじゃない。ジャーナリストだ。とにかく、家族や弁護士に連絡を取らせてくれ」と訴えたが、係官は「私のボスに伝える。解放するか否かはボスが決定するだろう。とにかくボスの決定次第だ」とラチがあかない。

仕方ないので、またゴロ寝する。スパイ容疑か。こりゃ意外に長引くかも……。フン、もし何年も拘束されるようなことがあれば、あとで本でも書けるな。私はクヨクヨするのはやめ、開き直ることにした。正常な精神状態を保つには、それが一番だったのである。不当に拘束されるという状況、特にいつ解放されるかわからないという状況は、非常に大きなストレスとなり、肉体を蝕む。

９・11事件のあと、母国での迫害から逃れるため日本に来たアフガニスタン難民達が、こともあろうか「テロリスト」扱いされ、不当に入国管理局の収容所に拘束されたことがあった。私は、彼らと何度か面会したが、わずか数週間でゲッソリと痩せ、実際に病気になったり、自殺未遂したりする人もいた。

長期戦になる可能性もある以上、とにかく体を壊さないようにしなくてはならない。最初は抗議の意味で手をつけなかった食事も、積極的に食べることにした。米兵用の携帯食料で、パックを破くと、パスタもどきだの、シチューもどきだのが入っている。お世辞にも美味いとは言えない上、困ったのは両手が縛られたままなことだ。仕方がないので、歯でパックを破き、破いたところから中身をすすった。

捕虜への拷問

収容所は、昼は暑く夜は寒かった。シャワーなんて上等なモノはなく、体中砂埃にまみれ、髪はバサバサ。時間は恐ろしく緩慢に流れ、1分が1時間のようだった。ただジッと座り、イラク人捕虜達を汚い言葉で怒鳴りつけている米兵達をにらみつける。そうしながら、どうしたらここから出られるだろうか、外部と連絡を取る方法はないだろうか、と考えていた。

だが、12日の朝、チーフが現れ「解放だ」と言う。長期戦も覚悟していたので、解放はもちろん嬉しかったが、一緒に拘束されたカーシムとその友人は、まだ解放されないという。それに、押収されたテープとフィルムも取り返したい。チーフは、「これからバグダッドのプレスセンターに連れて行くから、そこで話をしてくれ」と言う。カーシム達を置いていくのは心残りだったが、私が彼らの身元を証明すれば、おそらく解放されるはずだ。ビデオテープとフィルムも取り戻せるよう、交渉しよう。

ともかく私は、護送車に乗せられ、バグダッドへ向かった……のだが、どうも雲行きが怪しい。バグダッド近くまで来たようだが、街の中心部に向かう道ではないのだ。どうやら、米軍が基地を置くバグダッド国際空港に向かっている様子。これはまだ喜ぶのは早いかも……。私

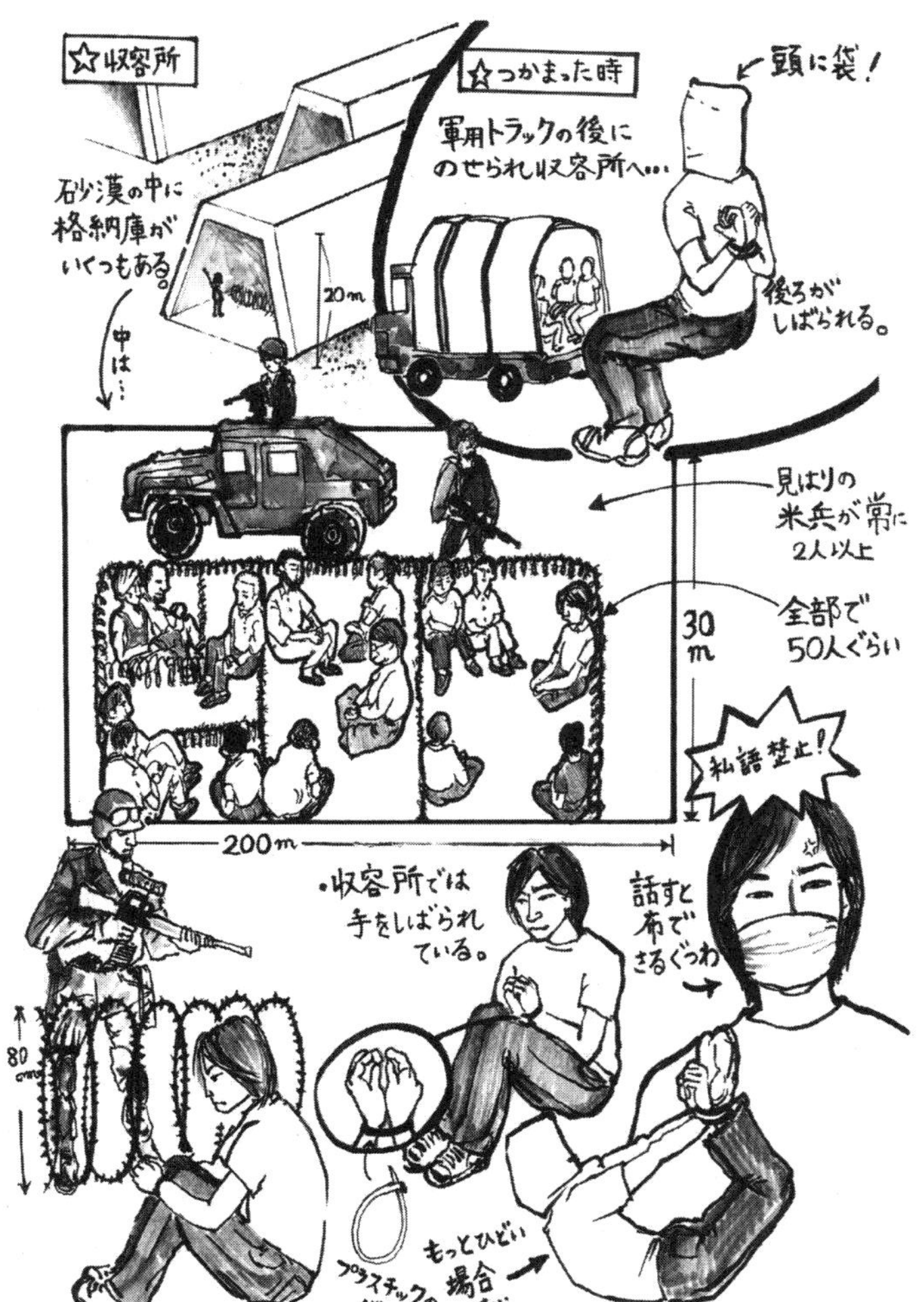
☆収容所
☆つかまった時
頭に袋！
軍用トラックの後に
のせられ収容所へ…
砂漠の中に
格納庫が
いくつもある。
20m
中は…
後ろが
しばられる。
見はりの
米兵が常に
2人以上
全部で
50人ぐらい
30m
私語禁止！
200m
・収容所では
手をしばられ
ている。
話すと
布で
さるぐつわ
80cm
もっとひどい
場合
は…
プラスチックの
バンド

の頭の中で、「ビー、ビー」と警戒警報が鳴り始める。

やはり、バグダッド国際空港に到着すると、私は護送車の中に1人取り残されたのだ。外にいた米兵に「おい、どうなってるんだ?」と聞くと、案の定、「お前は収容所に逆戻りだ」と言う。むう、「人間の盾」に参加した経歴がバレたのかな。何かまずいことがあるかも、と思い始めていたので、心の準備は出来ていたが、それでも、一度「解放される」と言われてからの逆戻りはキツイ。チッ、一体どういうことやら。とにかく、事情は収容所で聞くしかないようだ。

収容所に戻ると、なんとカーシムが頭に袋を被せられている上、両手両足をエビぞりに縛られていた。

「何てことしやがるんだ! 今すぐ止めろ!」

私は逆上して叫んだ。だが、米兵達は「シャアラップ(黙れ)!」と怒鳴りつけ、カーシムはしばらくそのままでほっとかれていた。

それまでこの収容所では、例えば、抗議の声を挙げ続けると頭に袋を被せられることはあったものの、目立った拷問ということはしていなかった様に見えた。だが、あとにカーシムに聞いたところ、米兵に首を締め上げられたり、袋かぶせ+エビぞり縛りで、炎天下の屋外に何時間も晒されたりしたのだという。

「お前は、オレがシュリンプ(エビ)みたいだって言ったが、実はグリルド・シュリンプ(焼かれたエビ）だったってわけさ」。ジャーナリストである私が見ていたときは、さすがに露骨に虐待できないものの、見ていないところでは、やはり虐待が行われていたというわけだ。

翌日、ようやく例の取調官が来たので、問い糺した。

「一体全体、これはどうなっている？　私はなぜ連れ戻されたのだ？」

「かなりハイレベルな人物から、あなたを連れ戻すよう命令が下った。これは、もはや私の権限でどうにかできるものではない。ポリティカル・プロブレムだ」

「私がスパイではないと認めたのだろう？　米国が本当に〝自由と民主主義の国〟なら、何で私はこんなところに居るんだ？」

「私は、あなたがジャーナリストだと思っている。ただ、今は私や私のボスでは、あなたの力になれない」

「やれやれ、それじゃ誰が私を助けられるというんだい？」

「おそらく、日本政府だけだろう」

「じゃあ、日本大使館に連絡を頼む。それと米軍のお偉方に直接、私自身のことを説明する機会を持ちたい。私にはその権利があるハズだ」

戦場の米兵

ポリティカル・プロブレムとは、どういう意味なんだか。拘束の目的が変質しているのだろう。事態は以前よりも深刻かもしれない。とりあえず、届く保証はないが、家族や外務省邦人保護課への手紙を書くことにする。さらに見張りの兵士達や、ときどき収容所の外から来る米兵達に積極的に話しかけることにした。

「日本人のジャーナリストが捕まっているらしい」という噂が米軍の中で広がれば、メディア関係者の耳にも入るかもしれない。米兵達も、私が誰で、なぜここいるのか、興味を持っていた。中には、「まったく酷い話だ。君が早く解放されることを願うよ」と同情してくれる米兵もいた。米兵達と話してみて感じたのだが、彼ら自身、疑問や矛盾を感じている。彼らもまた人間で、犠牲者でもあるのだ。

米兵達は、ことあるごとに捕虜達に罵声を浴びせていたが、中でも執拗に捕虜達に汚い言葉を投げつけているスキンヘッドの米兵がいた。彼を仮に〝スキン〟と呼ぶことにしておこう。やや痩せていて神経質そうな彼は、その場にいた米兵達の中でも一番アブナイ眼をしていて、体のどこかにカギ十字の入れ墨でもありそうな雰囲気だった。

収容所にいるうちに、私は奇妙なことに気が付いた。夜になると、スキンはまるで人格が変わったかのように親切になるのである。コンクリートの床は硬く寝づらい。私が靴を枕にして寝ていると、「ヘイ、ジャッキー・チェン、これでも使え」とマットを放り込んでくれた。さらに、「トイレ」の名目で私を格納庫の外に連れ出してくれ、タバコも勧めてくれた。スキンは言った。

「オレはこんな仕事はもうイヤだ。だけど、上官が見ている間は、オレ達は捕虜達に厳しくしないといけない。そうしなきゃ、自分が酷い目に遭わされるんだ。アンタも昼間の間は大人しくしていてくれ。上官が見てやがるからな。でも、夜の間はオレはアンタの味方だ」

満天の星の下、毎晩のようにスキンは、オレはもう帰りたい、故郷に残した彼女が恋しい、とグチっていた。私は縛られた両手を見せ、こう言った。

「アンタもオレと同じだな。ここに囚われている。〝Prisoner for Freedom〟（自由のための囚人）ということか」

スキンは苦笑し、「ああ、全くその通りだな」と何度もうなずいていた。別の晩、私はこうも言った。

「おい、次の選挙じゃ、ブッシュに投票するんじゃないぜ。じゃなきゃ、俺たちはまた戦場で会うハメになる」

スキンも、ニヤリと笑いこう言った。

「ああ、そうするよ。ブッシュの野郎にはもうウンザリだ」

顔の怖さに反し、スキンは結構いいヤツだった。おそらく、収容所にいた他の米兵達も、「生まれながらの極悪人」というわけでもなかったのだろうし、スキンのように、実はなかなか憎めないヤツだったりするのかもしれない。だが、上官が見ている間は、スキンですら、不当な仕打ちに抗議する私に向かって容赦なく「黙れ！」「座ってろ！」と怒鳴りつけた。そして彼はこっそり耳打ちする。「昼間は大人しくしてろって言っただろ」と。それが彼に出来る精一杯のことだった。

収容所で感じたことは、軍隊という組織の持つ、本質的な危うさだ。軍隊の中では、個人の親切さや優しさも、押し潰されてしまう。米兵達はもちろん加害者でもあるが、被害者でもあるのだろう。矛盾と欺瞞で溢れた戦争のため、人ではなく、冷酷なマシーンとなることを強いられているのだ。

スキンら米兵達と話す機会を得たことで、心理的に楽になってきたとはいえ、収容所生活はやはり苦痛であった。どうしても、これからどれだけ囚われているのかと考えてしまい、暗澹とした気分になる。だが、拘束されて6日目、解放のチャンスがめぐって来た。カーシムとその友人が解放されたのだ。

当時、バグダッドには、日本人のイラク支援関係者たちが何人もいて、カーシムとも顔見知りだった。カーシムが彼らに私が拘束されたことを伝えれば、解放のために動き出すだろう。

爆撃で吹き飛んだ家

ただ、問題はカーシムらが本当に解放されるのか、ということだ。彼が砂漠の中で「始末」されないよう、私は願った。彼のためにも、私自身のためにも。

やっと解放

８日目の朝。解放のときが来た。例のチーフが顔を見せ、「今度こそ解放だ」と伝える。ただし、バグダッドではなく、国境に連れて行かれるのだという。つまり、イラク国外に放り出されるというのだ。「解放は有難いが、バグダッドのホテルに置いた荷物はどうするのか？」と私は聞いた。

なぜなら、私はカメラなどの機材の他は、３００ドル程度の現金しか持っていなかったのだ。所持金の大部分は、他の荷物と一緒にバグダッドのホテルにある。たった300ドルでどうしろというのだ？　と抗議するが、チーフは「すまないが、私には何の権限もない。せっかくの解放なのだから、機会を逃すべきではないだろう」と言う。うーむ、仕方ない。バグダッドにいる日本人支援関係者の誰かにピックアップしてもらおう。

迎えに来たMP（ミリタリーポリス）に従って、私はしぶしぶ、ハンビー（米軍のジープ）に乗り込んだ。途中、2度も車を乗り換えたので、「また、収容所へ逆戻りなんじゃないだろーな」と思いつつも、国境へ到着。MPは、私の手首からジップタイを外し、「もうイラクに来るなよ！」と言い捨てて、背を向けた。

そう、ついに私は自由の身になったのだ。しかも天の助けか、偶然、国境で知り合いが通りかかり、イラクの隣国ヨルダンの首都アンマンまで送ってくれたのだ。

米国に最も忠実な国・日本の国民が、イラクで米軍に拘束され、しかも「敵捕虜」扱いを受ける……。私の拘束事件は、私個人とっても大きな事件だったが、日本政府にも、全くどうでもよい事件ではなかったのかもしれない。なぜなら、ちょうど私が米軍の捕虜収容所で拘束されていた頃、自衛隊をイラクに派遣する、イラク特措法案が国会に提出されていたからだ。

日本に帰国後、よく友人達から冗談交じりに「シバレイがもう少し長く米軍に拘束されていて、日本のマスコミでも騒がれるようになったら、自衛隊がイラクに派遣されなかった可能性もあったかもね」とか言われたりした。さすがにそれは大げさだろう、と私は思うのだが、もしかしたら、外務省はイラク特措法成立への悪影響を気にしていたのかもしれない。

というのも、解放後、ヨルダンの日本大使館に辿り着いた私は、大使館の職員の方々と話をしたのだが、彼らは12日、つまり私が拘束された３日後には、私が米軍の収容所にいることを米国側から知らされており、解放を働きかけていた、というのだ。当然、ヨルダンの日本大使館から外務省に連絡が行ってるハズなのだが、外務省から私の家族に連絡が入ったのは、ほぼ解放と同日、６月17日だったのだ。

しかも、ちょうど同じ頃、カーシムから私の拘束を知ったバグダッドの日本人イラク支援関係者達が、共同通信のバグダッド支局に駆け込み、日本でも第１報が流れたのである。この空白の５日間は何だったのか。つまり、外務省は米軍の解放の決定、あるいは通信社の第１報が出るまでは、私の拘束の情報を得ていながら、公表を避け、私の家族にも伝えなかった、という疑いがあるのだ。あとに私は、外務省の邦人保護課に問い合わせてみたものの、「当時は知らなかった」とはぐらかされ、真相は「藪の中」である。

今にして思えば、当時、もっと騒ぎ立てれば良かったかとも思うのだが、その後のイラク取材の悪影響を恐れて「日和った」かな、とも思う。

外務省が手をこまねいている間、私を助けようとしてくれたのは、私の友人達だった。拘束の第１報が入ったと同時に、救出のためのメーリングリストが立ち上げられ、わずか１時間の間に１００通以上のメールがやり取りされた。国会議員への働きかけや、国際人権団体アムネスティ・インターナショナルへの協力要請が行われ、在日米国大使館への抗議デモも計画されていたらしい。私が収容所で平静を保っていられたのも、私が拘束されたと知ったら、私の友人達が黙っていないだろう、と信じていたからだ。友人達には本当に感謝している。

ともかく、この事件を通じて、私は「自由」と「民主主義」を掲げたイラク戦争／占領の実態を改めて知ることが出来た。友人達や家族を大変心配させたのは、申し訳なく思っているが、ジャーナリストとしては非常に貴重な経験をしたと言えるのだろう。

第2章　サマワ自衛隊

取材拒否

「すみません、いろいろ手を尽くしたのですが、防衛庁は『フリーランスの記者にはプレスパスは出さない』と言っています」と東京新聞社会部のSデスクは、すまなさそうに言う。

私がサマワに行ったのは、04年2月と6月、7月。中でも2月のときは、東京新聞の遊軍記者という立場で現地に行くことになっていたので、サマワの自衛隊宿営地を取材するのに必要なプレスパスを、東京新聞を通じて防衛庁に申請していたのだ。だが、返ってきたのは、随分とつれないお返事。

しかも、フリージャーナリストにパスを出さない、というのはおそらくウソだ。当時、テレビ局と契約したフリーランスは、宿営地に出入りしていた（中にはパスを持たずに、大勢の記者達にまぎれ込んだ人もいたようだが）。要は、私が「どこの若造だ？」と舐められていたのだろう。

そんなわけで、私のサマワ自衛隊の取材は、最初から困難にブチ当たったのだが、今にして思えば、それが逆に良かったような気がする。当時、マスコミ報道でやたら露出していた自衛隊の宿営地の中がどうだとか、自衛隊員が何を食べているのか、なんてことを取材するのは正直いうとバカバカしく、実は全く興味なかった。むしろ、宿営地から少し距離をおくことで、逆に見えてくることがあったのだ。

04年2月、私は初めてサマワを訪れた。結局、防衛庁からのプレスパスはもらえないままだったが、やはり世論を二分した自衛隊イラク派遣。現場を見ておくことは必要だ。バグダッドから車で4時間ほど、ユーフラテス川をはさみこむようにある街、サマワ。ムサンナ州の州都だとのことだが、中心部の目抜き通りとその近くのスーク（市場）以外、本当にただの田舎町のようだ。

何はともあれ、まずはホテル探しだ。ホテルが決まったら、Ｍに連絡、合流することにしていた。Ｍは日本のイラク支援関係者から紹介してもらったサマワの住人で、何人かの日本人を案内してきたとのこと。英語も話せるから通訳としても働いてもらえるだろう。

で、どこに泊まろうか。中心部の目抜き通りを歩くと、両側沿いにホテルが何件かある。最初に入ったホテルは、なかなか小ぎれいでテレビもあったが、このホテルの親父は「１泊50ドルだ」と吹っかけてくる。ちょい待ってくれ、バグダッドの割といいホテルだって１泊30～40ドルだぜ。少し高すぎじゃないか？　だが、昔テレビでやっていたアニメ『魔法使いサリー』のサリーちゃんのパパみたいなホテルの親父は、「イヤならいいけど。今、日本人のメディア関係者が大勢来ているから、泊まるところないよ」と言う。確かに、この頃のサマワでは石を投げれば日本人記者に当たるような状況。

イラクの他のところでは、「あんた日本人か？」と声をよくかけられたが、サマワでは日本人はもはや珍しくないせいか、あまり人が声をかけてこない。なるほどね、便乗値上げってわけか。少なくとも普段の5倍はボッてるのだろう。そういえば、出発前に知り合いのメディア関係者から、「サマワ取材の拠点となる空き家をめぐって、テレビ局同士が札束にものを言わしての争奪戦をやっていて、家賃やホテル代の相場が跳ね上がって大変だ」と聞いていたが、全くメイワクな話だ。

仕方ない。ビンボーな私は、向かいにあるボロホテルに泊まることにした。薄汚く窓の無い部屋。しかも、汲み取り式のトイレの臭いが結構キツイ。これで1泊20ドルは高すぎるが、これでも値下げ交渉したのだ。いい加減、拠点を決めないといけないので、ここに泊まることにする。しかし、このトイレの臭いは何とかならんのか。やれやれ……。

サマワの空爆被害者

電話して30分ほどすると、Mが来た。レイバンみたいなサングラスをかけた小柄の男は、「私は人権活動家だ」と名乗る。

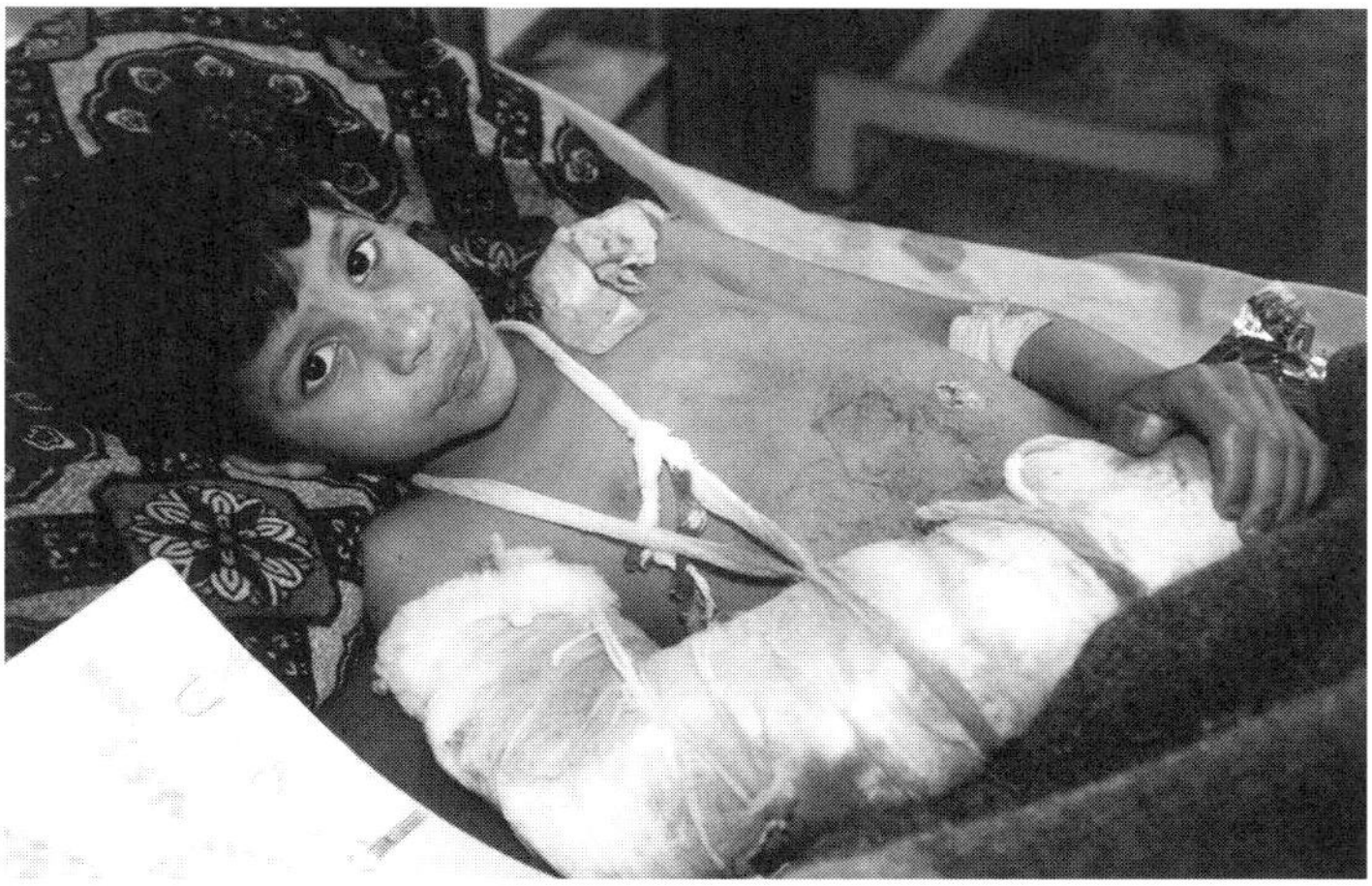

空爆で負傷した少年

「今、サマワの市民は、日本から支援が来るとか、騒いでいるが私は気に入らないね。日本政府は米国のイラク攻撃を支持したじゃないか。私の弟は米軍の空爆で殺されたんだ。どうせ自衛隊も米国に協力するために来てるんだろ？」

日本では、サマワ市民の熱烈歓迎ぶりばかりが報道されていたが、こういう人もいるのか……。通訳・ガイドとしては客観性に欠けるかもしれないが、彼とならサマワの別の面を観ることができそうだ。私はMと組むことに決めた。

Mは、空爆で破壊された自分の家を見せてくれるという。私も興味あったので、彼の家に行くことにした。サマワ中心部から車で5分ほどの住宅地では、あちこちで家が破壊されていた。「みんな空爆でやられた。どれも一般市民の家だよ」とMは憤る。一切壊され、もはや家というより瓦礫の山であるものを指して、Mは言った。

「ここが私の家だ」

イラク戦争開戦から数日後、米軍の空爆はサマワを襲った。Mや家族は他の場所へ避難していたが、Mの弟だけは、泥棒から家を守るため、残っていたという。

「弟は家が爆撃されてから、瓦礫の下で3日間も苦しんだんだ。私は米軍に弟を助けてくれと必死に頼んだけど、奴らは弟を見殺しにした……」

Mは、瓦礫の山の上に仁王立ちになり、怒りに唇を振るわせる。Mの弟は、まだ25歳だったという。

私が写真を撮っていると、近所の人々が集まってきた。Mは、「あのおじさんに話を聞いてみれば」と初老の男を指差す。そのアブドゥルさん（61歳）は、Mのご近所さんで、やはり家を爆撃されたという。そして、やはり自衛隊のサマワ駐留に批判的なようである。「いろいろな国から『復興』の名目で軍隊が派遣されているが、われわれの生活が良くなるわけでもない。小泉首相に聞きたいが、自衛隊はわれわれ空爆被害者のために何かしてくれるのか？」。

14歳のベッサムくんも、やはり空爆の被害者だ。寝ていたところ、ミサイルが家を直撃、ベッサムくんは両腕に火傷、そしてお腹を抉られ深い傷を負った。父親のムハンマドさんも重傷を負い、米軍によって一緒にクウェートの病院に搬送されたが、その後行方不明となってしまい、生死すら明らかになっていないのだという。

ドライバーとして家計を支えていたムハンマドさんが行方不明になったことで、残された家族の生活はとても厳しいそうだ。次男のハイダくん（11歳）が、理髪店で掃除をして稼ぐ月3000イラクディナール（当時のレートで約220円）が、一家の唯一の収入だとのこと。ベッサムくんの母、ムンタハさん（36歳）は、「自衛隊が来ても私達にとっては何の助けにならない。もし本当に助けてくれるのなら、夫の行方を捜してほしい」と嘆く。注釈
同じサマワの住民でも、戦争で被害を受けたか否かという立場の違いで、日本への見方も違うようだ。だが、日本のサマワ報道で見聞きするのは、「自衛隊歓迎」の声ばかり。Ｍにそう話すと、彼は憎々しげに言った。

「今、日本や自衛隊について批判的なことを言うのは大変危険なことだ。なぜなら、自衛隊がサマワの状況を良くしてくれると信じ、街全体で自衛隊をサポートするべきだと主張する人があまりに多いからだ」

注釈　その後、ドイツのＮＧＯによって同国の病院に、ムハンマドさんが入院していたことがわかった。

被曝した砲台

ユーフラテス川の近くに、劣化ウラン弾で汚染された高射砲があるという。早速サマワ中心から2キロほどの食肉解体場跡に行ってみると、確かに高射砲が立っていた。恐る恐る近づくと砲身に穴があいている。バグダッドで見た戦車にあいていた穴と似た感じだった。

ガイガー検知器を近づけてみると、数値がみるみる上がっていく。やはり、劣化ウラン弾によるものか？ 私の使ったガイガー検知器は、古くて精度に多少疑問があるのだが、日本の市民団体「イラク国際戦犯民衆法廷」のメンバーがこの高射砲の放射線量を調査したところ、通常レベルの約３００倍の線量が測定されたそうである。

高射砲の写真を撮っていると、近くに住んでいるという老人が「やはり汚染されているのか？」と聞いてくる。「恐らく……」とこちらが答えると、「子ども達が砲身に乗って遊ぶので困っている。自衛隊はこの高射砲を撤去してくれないのか」と老人は言う。その場は、「聞いてみる」と私は答えたが、日本政府は「劣化ウラン弾が人体に影響を与えるという認識は持っていない」としており、サマワの劣化ウラン汚染に関して、自衛隊が貢献することはなさそうだ。

サマワ再訪

私がサマワを再び訪れたのは、04年の6月だった。サマワから帰るところだった、ジャーナリストの橋田信介さんと小川功太郎さんが襲撃を受け殺されてしまった事件のあとだけに、サマワに行くこと自体がリスキーだったのだが、自衛隊の活動を検証してみたかった。バグダッドからサマワに直接南下していくルートは、襲撃事件のあったマハムディーヤを通ることになる。そこで、通訳Kにバスの発着所やタクシー乗り場などで情報収集してもらった結果、バグダッド→クート→アマラ→ナシリヤ→サマワと大回りするのが一番マシということなので、このルートを選んだ。

約6時間後、無事サマワに着いて宿を探すが、2月のときと違い、日本人のメディア関係者は、ほとんどいなかった。少なくとも大手メディアの記者達は、4月の日本人人質事件以後、全員退避したらしい。前回、「1泊50ドル」と吹っかけてきたホテルに行き、サリーちゃんのパパみたいな親父と交渉すると、今度は20ドルでいいという。さらに、「日本人記者達が残していったけど、お腹がすいたら勝手に食べていい」と冷蔵庫の上のカップラーメンの山を指差す。というわけで、このホテルに泊まることにした。

Mと合流後、自衛隊宿営地に行く。ダメ元で、取材許可がもらえないか、直談判するつもりだったのだ。サマワ中心から5キロほどの荒野にある自衛隊の宿営地は、遠目に見てもそれとわかるくらい、かなり大きかった。ゲートのところに行くと、自衛隊員が出てきて応対してくれたが、あいにく担当者は不在。担当者のメールアドレスはもらえたので、こちらに連絡してみることにする。

ゲートのところのイラク人ガードマンによると、日本人記者が来ることはほとんど無くなったとのこと。自衛隊員も記者がいないと、活動をアピールできなくて淋しいだろうな。ということは、私にも取材のチャンスはあるかもしれない、と期待する。だが、数日後担当者から答えは、「現在イラクは外務省から退避勧告が出ているため、新聞・テレビ等と契約している記者であっても現地で記者証申請の受付はしておりません」とやはり、つれないものであった。ま、そうだろうと思ったけどね。

「水が来ない！」給水活動に非難轟々

自衛隊員が活動しているところを取材できれば、それに越したことはない。だが、自衛隊の復興支援活動を検証するには、支援を受けている人々に聞くのが一番だ。連日、宿営地から給水車が付近の住民に水を配りに回っているが、私はこれらの村々で自衛隊の活動の評価を聞いて回ることにした。

まず訪れたのは、宿営地近くのアル・ガルビエ村だ。住人のアブドゥラさんは、「自衛隊には感謝しているけど……」と言いつつ、少し不満があるようだ。

「ウチは大家族だから、1日に220リットルのタンク一つ分の水が必要だけど、自衛隊がくれるのは週にタンク四つ分だけ。自衛隊が来る前はオランダ軍が充分な水を配給してくれていたので、その頃の方が良かった」

つまり、1週間のうち4日分の水しか来ない、ということか。ちょうど宿営地からの給水車が村に来たが、車の前でなにやら少年が金属製の器をもって写真を撮れ、と言う。見ると、器の中には濁った水が入っていた。聞くと、「充分な水がないから、この村の子ども達は、いまだに泥水を飲んでいる」ということを訴えたかったらしい。

また、給水活動をしていたのは、自衛隊員ではなくイラク人のスタッフだった。彼らに聞いてみると、「給水車1台あたり8トンの水を1日1～3回、配給して回っているが、宿営地近くの村々の水需要すらロクに満たせていない」とのこと。「住民の水需要を満たすには30台の給水車が動く必要があるのに、宿営地から出ているのは、たった4台だけ」（自衛隊に雇われたイラク人スタッフ談）。

どうやら宿営地での浄水能力の限界に加え、給水車の数が充分でないために、地域の水の需

「これを飲んでいるんだ」

要に追いついていないらしい。

また、給水に来る頻度は、村によって大きくバラつきがあるようだ。やはり宿営地近くのアンナガーレ村では、住民達は「１週間に１度来たら良い方」と語り、アルシナティ村に至っては、月に１～２度しか給水車が来ないという。同村の住民のムハンマドさんは、自衛隊への不満をぶちまけた。

「私達の村の傍を自衛隊の車両は毎日のように通っているのに、なぜ給水車が来ないんだ？結局、われわれは汚い川の水を飲んで、子ども達も病気になっている」

なぜ、こんなことが起きているのだろうか。宿営地で浄化された水は、およそ半分が約５５０人の自衛隊員の生活用水に使われ、残りの半分が給水に回されるというが、ムサンナ州水道局によれば、自衛隊が給水を受け持つ住民は約２万人で全く足りない。任務終了で帰国した自衛隊員は、「娯楽がないので毎日フロに入っていた」と発言していたが、宿営地付近の住民らが聞いたら激怒しそうである。

加えて、実際に給水車に乗って村々に水を配給するのは自衛隊員ではなく、イラク人ドライバー任せ、という弊害も大きい。Ｍは、「おそらく自分の村を優先させているために、偏りが出ているのだろう」と指摘する。挙げ句の果てには、「給水活動をしているイラク人ドライバーは、水を村人たちに不当に売りつけている」という噂までたつ有様だ。皮肉なことに、サマワ中心部よりも、自衛隊の給水活動の対象である村々での方が、自衛隊に対する強い不満があるのだ。

丸投げ&手抜き工事!

だが、驚くのはまだ早かった。私は、「自衛隊が修復している」というアルハドバ小学校に行ってみた。この学校は、サマワ中心から北へ車で15分ほどのアルハチム村にある。約400~500人の生徒が通うこの学校は老朽化に加え、フセイン政権崩壊時の略奪で痛みが激しく、ムサンナ州政府に地元住民が校舎の修復を要請していた。だが、学校の敷地ではイラク人労働者が修復工事をしていたが、自衛隊員の姿はどこにも見当たらない。

「学校を修復しているのは、自衛隊員ではないのですか?」と学校の管理人であるフセインさんに聞くと、「いえ、実際に働いているのはイラク人です。自衛隊員は週4回、様子を見に来るだけ。しかも現場には10分くらいしかいない」と話す。つまり、自衛隊がサマワの土建業者に修復工事を依頼して、業者が雇ったイラク人が作業にあたっているということ。給水活動もイラク人ドライバーまかせだったが、学校修復工事もやはり〃丸投げ〃だったのだ。もちろん、地元民の失業対策になるから、給水活動や修復工事を地元業者にやらせること自体はおかしくない。

しかし、日本での報道で盛んに使われる「自衛隊による給水活動」「自衛隊が学校を修復」というフレーズは、現実とはあまりにかけ離れている。これはある意味、国民をだましていると言っても過言ではないのではないか？ そもそも、地元の人間に業務を委託するのなら、600人近い自衛隊員がサマワにいる必然性はあるのかという疑問が生じてくる。私が呆れていると、さらに驚愕の証言が飛び出した。

「土建業者が経費をケチり、校舎の補強に鉄骨をほとんど使わないまま工事を進めているんです。修復作業をしている側から、壁や天井がボロボロと崩れて落ちてきて非常に危険です」

そう告発するのは、現場労働者の1人、ユニスさんだ。これまでフセインさんやユニスさんら現場の労働者は、何度も鉄骨を使うよう訴えたが、土建業者はまったく聞く耳を持たないという。

「今は学期間の休みで子ども達は学校に来ていませんが、これからのことが心配です。簡単に崩れるので、子ども達がケガをすることになるでしょう」(フセインさん)

私は修復中の壁に近づこうとしたが、ユニスさんは「危ないから近づかないで」と止める。足元を見ると落下したレンガがいくつも散乱していた。

「壁の土台にすら鉄骨が入っていないんです。壁が倒れないか心配です」

そもそも、作業している労働者の錬度自体が素人目に見ても、あまり高くないようだ。労働者のイラク人の中には、つい先日まで失業していたという人もいた。地元住民の失業対策としてはいいのだろうが、こんないい加減な工事で大丈夫なのか、と不安になる。

なぜ、自衛隊はこうした状況を放置しているのだろうか。フセインさんらは口をそろえて訴える。

「私たちは、何度も自衛隊に直訴しました。でも、通訳のイラク人がなぜか問題を伝えようとしないのです。ぜひ自衛隊に伝えてほしい。この修復工事の責任者は、あなたたちです。ちょっと見に来てはすぐ帰ってしまうのではなく、最後まで責任をもって現場監督をして下さい」

取材後、住民からの批判に関してサマワの自衛隊の広報担当者にメールで質問を送ったが、返答はなかった。だが、あとで聞いたところ、私が週刊誌『フラッシュ』で書いた手抜き工事疑惑の記事を、外務省や防衛庁はあわててサマワの宿営地にＦＡＸしたらしい。

２週間ほどして、現場を再訪したところ、私はイラク人労働者達に歓迎された。「ちゃんと鉄骨を使うようになったし、自衛隊員もそれまで10分だったのが、30分現場にいるようになったよ！　いやぁ、あなたのおかげだ」。10分が30分になったって、マシと言えるのだろうか。私は思わず苦笑した。もし、本当に私の記事が事態を改善させたのであれば、それはそれで嬉しいことではあるのだが……。

「崩れて危ない」と作業員

「ノー ジャパン！」の罵声

陸自本隊のサマワ派遣からわずか4カ月、04年の6月の時点で、サマワの人々の自衛隊への反応は、当初の「熱烈歓迎」ぶりと異なり、厳しい意見も聞かれるようになってきた。自衛隊が保育器を提供したサマワ総合病院近くに立つ掲示板には、自衛隊の活動や日本の文化などを紹介する週刊新聞『ＦＵＪＩ』が張られていたが、これが無残にも破られていたのだ。

私が写真を撮っていると近所の人々が集まってきたので、自衛隊の活動の評価を聞いたが、「自衛隊はよくやっていると思う人は手を挙げて下さい」と聞いても、誰も手を挙げない。逆に、「自衛隊の活動は不充分だと思いますか？」と聞くと、そこにいた十数人の人々は全員手を挙げ、中には両手を挙げて「ノー ジャパン！」と叫ぶ人までいた。さらに人々が集まってきて、その場の興奮はだんだんエスカレートしてきた。アラビア語なので何を言っているかはわからないのだが、Ｍの方を見ると、「そろそろ逃げた方がいい」と目配せしてきたので、私は皆に礼を言うと、あわてて退散した。

自衛隊に対し、厳しい意見が出始めたのにはいくつか原因があるが、一つには、6割以上という深刻な失業率の改善に対し、有効な対策が取れていないことがある。サマワ中心の目抜き

破られたフジニュース

通りで話を聞いても、失業中の若者達は「失業対策はどうしたんだ？　仕事が無ければ結婚もできないじゃないか！」「結局、他の占領軍と同じだ。何もしないならさっさと帰れ！」と不満を爆発させたのだった。

　また、道路や学校の修復工事などで雇用が生まれたとしても、今度は雇われなかった人からの不満は逆に強まってしまう。取材許可の件で宿営地に行ったとき、ゲートの前で座り込みをしている人々がいた。取材には応じてもらえなかったが、彼らの村で誰1人雇われないので、抗議しに来たのだという。

　さらに、電気や水の配給の滞りも深刻だ。確かに自衛隊は給水活動を行っているが、宿営地周辺の住民に対してすら需要を満たすことはできない上、サマワ中心部には給水活動が行われていなかった。中心部でも貧困層の住む地域では、水の出ない家庭もある。下水道も整備されておらず、通りにあふれ出た汚水が悪臭を放っていた。電気は1日に何度も停電し、1度停電すると、数時間は電気が来ない。

イラクの夏は、気温50度を超えるというとんでもない暑さになるが、確かにあの地獄の暑さの中で冷房がないのは辛い。私が泊まったホテルも、壁が熱せられた空気を発し、夜に停電になると、寝苦しくてたまらなかった。

そもそも、自衛隊は万能ではないのに、サマワ住民の「日本からの支援」に対する期待があまりに大きすぎた。また、自衛隊の方も佐藤復興業務支援隊長（当時）などが、地元メディアを前にして様々なパフォーマンスを行い、住民の期待を煽ったため、その反動が出始めているようである。

私が取材している間も、佐藤隊長はアラブの民族衣装を着て地元テレビ局の番組に出演したが、宿営地近くのアルシナティ村の住民らは「バカみたい。格好だけでなく、仕事をきちんとやってほしい」と喜ぶどころか憤慨していた。決して少なくない住民達が、「口先だけ」「嘘つき」として自衛隊を非難し、「結局、他の占領軍と同じだ。出て行ってほしい」という声すら聞こえ始めたのだ。

サマワの「過激派」との対話

当初は、自衛隊を「熱烈歓迎」したサマワにも、最初から「自衛隊駐留反対」を強く主張してきた勢力がある。フセイン政権崩壊後のイラクで、急速に勢力を伸ばしたイスラム・シーア派組織が、米国に対して比較的穏健であった中で、強硬に反米感情を露わにしてきた、サドル派だ。

サドル派は、その民兵組織であるマハディ軍が米軍やその他の多国籍軍を「占領軍」と見なして度々衝突している。自衛隊のサマワ駐留に対しても反対し、時には武力もちらつかせるなど、抗議していた。

サマワの自衛隊にとって、最も危険な存在と言えるサドル派。少々リスキーかもしれないが、私は、サマワのサドル派代表と「直接対話」してみたくなってきた。彼らがどんな存在で、何を考えているか、知る必要があると思ったのである。ただ、日本人である私が、いきなりサドル派の事務所を訪れるのは危険すぎる。

そこで、まずMに事務所を訪問してもらい、アポをとってもらうことにした。Mは、「あまり気乗りしないね」と言いながらも、サドル派の事務所に行ってくれたのだが……。しばらくして、戻ってきたMは、色黒な顔を青ざめさせて言った。

「レイ、奴らはヤバすぎる。取材なんかとても無理だ」

何でも事務所を訪れた際、そこにいた民兵達は、「自衛隊を送った日本人は全てわれわれの敵だ。さっさと帰れ。自衛隊員らもいつか殺してやるから覚悟しろ」といきり立ち、Mに対しても、「お前は日本人のために働いているのか？　それなら、お前も敵だ」と恫喝したのだという。

うーむ。やはりサドル派は、日本人への敵意を持っているのか……。Mにも悪いことをした。そこで私は、一旦バグダッド北部「サドル・シティー」にあるサドル派事務所を訪れ、サマワ取材のための紹介文を書いてもらうことにした。バグダッドのサドル派事務所への接触は、知り合いの知り合いである、イラク人ジャーナリストの仲介によって可能だったのだ。無事、バグダッドのサドル派事務所からの紹介文を得られた私は、再度、サマワを訪れ、サドル派の事務所に再チャレンジすることにしたのである。

サマワ中心部にあるサドル派事務所は、見たところ学校か病院のような建物だった。塀や壁が何箇所も壊れていたが、これはオランダ軍やイラク警察との衝突の跡だという。車を止め、先にMに紹介文を持っていってもらい、様子を見る。今度は大丈夫だったようだ。サマワのサドル派代表、フセイン・ガジ・ザルガニ師が会ってくれるという。私は車から降り、事務所の中へと足を踏み入れた。

私達を迎えたザルガニ師はまだ若く、30代前半というところか。物腰は柔らかだったが、開口一番、「イラク復興のために来る外国人は歓迎するが、軍服を着た者はイラクに来るべきではない」と断言する。

さらに、「われわれは自衛隊を占領軍と見なしている。サドル師の指示があればそれに従う用意がある」と、自衛隊への攻撃も有り得ることを示唆したのだった。通訳するMも緊張のせいか、汗をにじませている。だが、待てよ。「イラク復興のために来る外国人は歓迎する」のか……。私は、改めて聞いてみる。

「日本から来る企業やNGO、医者などをあなた方は歓迎するのですか?」

すると、ザルガニ師は、「本当にイラク復興のために来る民間人となら、良好な関係を作れると思う」と語った。なるほど。シーア派中、対米最強硬派として警戒されるサドル派も、全く話ができない、というわけではないらしい。

また、ザルガニ師が不快感を露わにしていたのは、「宿営地近くのマハディ地区で住民に『サドル派武装勢力に協力しているか』と自衛隊員が聞いて回っている」ことだ。その場に同席していた、マハディ地区の住民ハッサンさんによれば、「自衛隊はわれわれの村に何度も来ている。道路を封鎖したり、夜中に軍用車両で来て聞き込みをしたりするが、非常に不愉快だ」とのこと。

これらのことに対し自衛隊側は否定しているが、宿営地付近で不信な動きがあったときに状況確認のためにしていることが、挙動不審と見られているのかもしれない。宿営地付近で私が取材していたときも、自衛隊の車両が来て周辺の住民に聞き込みをしていたりした。安全確保のために、周辺の状況を確認する必要があるのだろうが、それは住民らに米軍による「対テロ掃討作戦」を連想させ、自衛隊への反発を招いているのかもしれない。

ザルガニ師らとの会見でわかったのは、要は、相手の嫌うことをすれば嫌われるという簡単な理屈である、ということだ。「自衛隊員でなければ日本人は歓迎する」というザルガニ師の言葉を１００％真に受けないにしても、もともと親日的だったイラク人の中に反日感情を芽生えさせたのは、「武器を持った人々が来るのはイヤだ」というイラクの人々の声を無視して、自衛隊のサマワ派遣を強行した、小泉政権の横暴さだろう。本当に「イラク復興支援」がしたいのか、ブッシュ大統領のご機嫌取りなのか、あるいは、自衛隊の海外活動の実績にして、改憲へのはずみつけたいだけなのか。

後日、佐藤隊長と会ったときに、「武器を持っていくから反感を買うのだから、銃の代わりに工具を、迷彩色の制服の代わりにワイシャツを来てイラクに行ったらどうなのか？」と言ったところ、彼の答えは「それじゃ（自衛隊が行く）意味がないじゃないですか」というものだった。この言葉は、自衛隊イラク派遣の本質を露わにしているだろう。そう、例えそのことによって対日感情に悪影響を及ぼしてでも、あくまでも武装した自衛隊がイラクに行くことが重要なのだ。

もし、本当に日本とイラクの関係を真剣に考えるなら、「武器を持たない者」を活用した復興支援を模索するべきだった。それは単に、イラクとの関係だけに留まらない。インド洋大地震津波で最大の被害を被ったインドネシア・アチェ州で取材したときも、地元の人に「小泉さん、おかしいよ。いつもブッシュさんの言うことばかり聞いてる」と言われた。全イスラム諸国の国民と日本の国民の関係を考える上でも、重要なことなのだろう。

ジャパンマネーで虐殺支援

その後、私自身はサマワには行っていないが、Mからサマワの状況について報告が度々来た。「自衛隊の駐留に賛成の人々の話もちゃんと聞くように」とは指示したものの、M自身は自衛隊のサマワ駐留に批判的な意見の持ち主なので、割り引いて考えなければいけないのではあるのだが。

ただ、日本のマスメディアが雇っているイラク人スタッフが、本当に中立的であるかというと必ずしもそうではないらしい。例えば、ある会合であるテレビ関係者は、「われわれのスタッフが中立かと言うと、サマワに自衛隊がいるおかげで彼らは仕事を得ていますからね。やはり、そういう面もあると考えてもらえれば」と語っていた。私にしても、某テレビ局にしても、

「遠隔操作」である以上、ある程度限界がある、ということだろう。

ともあれ、Mの話によると、その後のサマワの状況は大きくは変わらず、特に水・電気の配給の深刻な滞りはますます悪化したようだ。水道の水は1日に1時間しか出ず、2～3日以上断水することもしばしば。電気も1日に1～3時間断続的に来る程度で、やはり2～3日停電することもあるという。いつまでも状況が改善されないどころか、むしろ悪化していく中で、住民は大きな不満を抱えていたようだ。

04年末頃からは、宿営地に対する攻撃が相次ぐようになり、これらの攻撃に対して多くのサマワ市民が「許されない暴挙」と憤っていたものの、中には、「なぜ、宿営地が何度も攻撃を受けていると思う？　それは自衛隊が約束だけして実際は何もしない嘘つきだからだ」と言う人々もいたのだという。

防衛省は、「道路や学校修復などの事業で、のべ49万人を雇用した」とするが、あくまで雇用は一時的なもので、失業率70％というサマワの雇用問題が解決したわけでない。本来ならば、教育や職業訓練、産業の育成を行うべきだろうが、それは自衛隊には荷が勝ちすぎる。また、自衛隊の安全を確保するためのバラマキ的支援が、地元部族の欲をエスカレートさせ、ゆすり・たかり的な行為に走らせていたのでは？　という疑いもある。

この本を書き上げる直前の今年4月、大野功統元防衛庁長官に会ったが、「宿営地に攻撃が何度かあったけど、あれは要するに『俺のところに仕事をよこせ』ということなんだろうね。

証拠はないんだけど、地元部族の仕業だと思っているよ」と話していた。援助というものは、あくまで最終的には自立を促すものであって、単に多額の金を落とすだけでは、むしろ腐敗の温床を作り、地域社会の形をいびつなものにしてしまうこともあるのだ。

05年5月にイラク移行政権が発足して以来、イラクではシーア派民兵を主体とする警察・軍がスンニ派住民を次々捕らえては、拷問の挙げ句に殺してしまう、ということが相次いだが、サマワも例外ではなかったらしい。スンニ派信徒のクルド人であるMにも危機は迫っていた。

06年の4月、久しぶりに届いたMからのメールの内容に私は驚愕した。

「やあレイ、元気かい？　長い間連絡できなくて悪かった。私は、本当に酷い目にあっていたんだ。サマワは恐ろしいことになっているよ。シーア派民兵のバドル団の連中が警察や軍を牛耳っていて、気に食わない者を次々と惨殺しているんだ。実は私も、この半年間に2回も警察に捕まって危うく殺されるところだった。幸い、警察内部に知り合いがいたから助かったけど、サマワでは、毎日のようにバドルの連中に殺された犠牲者の遺体が道端に転がっている。信じてくれ、殺されているのは何の罪もない市民なんだ」

このバドル団とは、シーア派有力政党「イラク・イスラム革命最高評議会（SCIRI）」下の民兵組織で、泣く子も黙る「殺人集団」だ。イラク移行政権で、SCIRI幹部のバヤーン・ジャブル氏が内務大臣に就任してから、警察などの治安機関で幅を利かせるようになった。Mが言うには、サマワでもバドル団に逆らう者はほとんどおらず、まさにやりたい放題。バドル団は、自衛隊への攻撃にすら関わっているという。「おそらく、奴らは復興支援の利権が自分たちに回ってくるよう、自衛隊を脅しているんじゃないか?」。

もし、Mの言うことが本当なら、これほど馬鹿げたことはない。外務省は、「自衛隊の活動との『車の両輪』として対イラクODAを行っていたが、サマワを含むムサンナ州では、400万ドル（約4億7000万円）を投じ、イギリスの民間軍事企業による訓練をイラク警察に受けさせていたのだから。つまり、日本の国民の税金で訓練を受けた警察官達が、サマワ住民の虐殺や自衛隊への脅迫に関わっていた可能性すらあるのだ。

この件については、本当はMにもっと調べてもらいたかったが、私は思いとどまった。危険すぎる。下手に深入りさせれば、本当にMが殺される恐れがあった。私は安全な日本にいて、Mにだけ無理をさせるわけにはいかなかった。M自身も危険を肌身で感じていた。彼はサマワを離れ、今は某国に避難している。

自衛隊派遣の必要性はあったのか?

サマワに駐留してきた自衛隊も、遂に撤退のときが来た。06年6月20日、撤退の決定がなされ、翌月18日までに全ての隊員がサマワを後にしたのである。自衛隊サマワ撤退を受けての各全国紙の社説の論調は、「自衛隊が1度も武力行使をせず、隊員の死傷者もでなかった」「サマワ復興に貢献した」という部分では、共通していた。これらの社説を読んで、結局のところ、各全国紙のジャーナリズムは、最後まで自衛隊サマワ派遣の問題について、突っ込んだ追及ができなかったのかもしれない、と私は思った。自衛隊サマワ派遣の総括ということで、まず論じなくてはならないのは、「もし本当にその目的が復興支援であるならば、そもそも自衛隊派遣は必要だったのか？」ということだろう。

小泉首相は、「イラク復興支援活動は自衛隊でなければできない」と繰り返し発言し、マスコミもそうした詭弁を批判せず、むしろ追従するかのような報道も少なくなかったが、事実は大きく異なる。すでに述べた通り、現場で活動するのは、自衛隊員ではなく、イラク人労働者達。

サマワの自衛隊員の主な役割といえば、たまに現場を10～30分程度訪れての「確認」だが、その程度の仕事であれば、真面目なイラク人スタッフを2～3人確保すれば事足りる。それなのに、延べ5500人もの自衛官をサマワに派遣するとは、すさまじいムダ使いだ。

03～06年の自衛隊のイラク派遣の総費用（空自・海自も含む）は、785億円にも上った。うち武器など装備品の整備費209億円、運搬費134億円、手当128億円の3項目だけで471億円（60％）をも占めている。学校の補修費が600万程度とされるから、自衛隊員の派遣手当（給与や他の人件費は別）だけで2000校以上の学校を補修することができる計算となる。

サマワでは、電気や水の供給状況はむしろ戦前よりも酷いくらいだが、仮に785億円を純粋に「復興支援」のみに使えたのなら、結果は違っていただろう。

そもそも、実際にイラク復興支援に拠出するのは、防衛省ではなく外務省だ。外務省のホームページ（06年11月）を見ると一目瞭然だが、電力や水、保健・衛生などの分野で、イラク各省への直接の支援や国際機関経由の支援などで約15億ドルを、さらにNGO経由でも約2700万ドルの支援を実施、もしくは決定済みとしている。

政府の資金によらない人々の寄付金など、全くの民間による支援も継続されている。国内12の団体・個人によるイラク支援ネットワーク「イラクに咲く花」は、03～06年までに約3億2340万円の寄付を集め、医療や教育・福祉、避難民への緊急支援にあててきた。しかも、イラクに派遣された陸自がカバーしてきたのは、サマワなどムサンナ州だけなのに対し、これらの民間による支援は、状況が最も深刻なイラク中部や西部でも活発に行われている。「イラク支援が出来るのは自衛隊だけ」という政府の主張は、完全に事実と異なるプロパガンダなのだ。

『イラクに咲く花』参加団体による支援総額　¥323,403,055.－

データ抽出期間
2003年3月～現在までの約3年間

データ提供
①JIM-NET
②セイブイラクチルドレン札幌
③セイブ・イラクチルドレン・名古屋
④セイブ・ザ・イラク・チルドレン・広島
⑤高遠菜穂子（個人）
⑥JVC（日本国際ボランティアセンター）
⑦PEACE ON
⑧NO DU ヒロシマ・プロジェクト
⑨ピースボート
⑩BOOMERANG NET
⑪細井明美（個人）
⑫沖縄平和市民連絡会
以上 10団体＋2個人

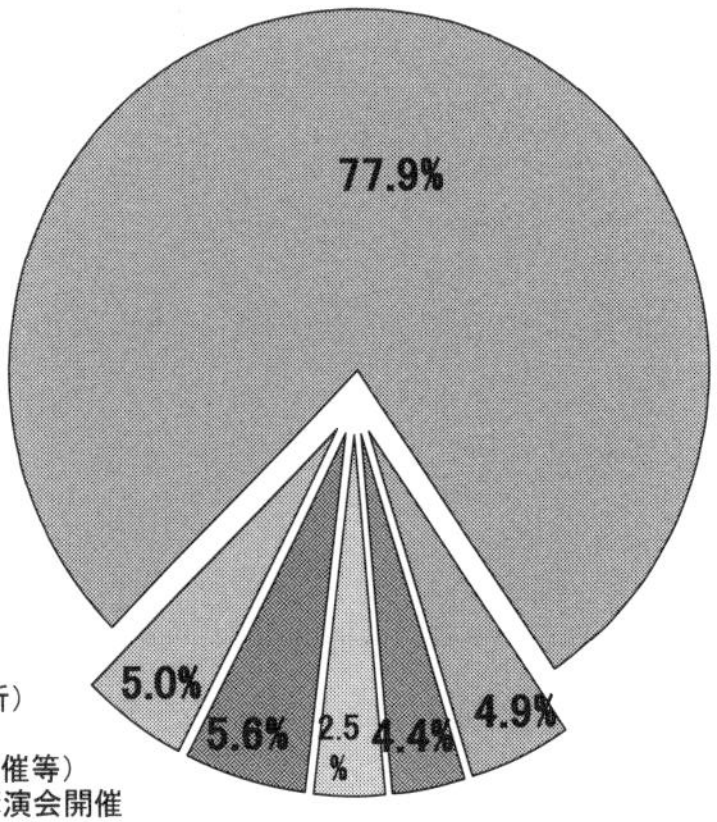

医療関連　¥251,984,902.－（77.9%）
○医薬品や医療器具・機材の送付
（抗がん剤、抗生物質、ベッド、車椅子、生検針、毛布、ミルク・包帯・ガーゼ等の消耗品、他）
○現地での白血病検査、患者の来日治療支援等
○医師・技師・研修医の受け入れ、研修
○訪問医療支援
○難民妊産婦支援
○子どもの歯放射能分析プロジェクト

教育・福祉関連　¥15,947,878.－（4.9%）
○学校備品・図書・文具・遊具の送付
○児童の健康診断、ビタミン剤や虫下しの配布
○孤児への衣服送付
○障がい児福祉施設への支援
（スクールバス・備品・教材・遊戯具等の送付）
○絵画等の教室支援
○子どもへの職業訓練等の自立支援プロジェクト
○子どもセンター開設

その他　¥16,321,414.－（5.0%）
○劣化ウラン弾被害現地調査
（土壌・水・尿サンプルの専門機関による分析）
○劣化ウラン兵器禁止キャンペーン
（冊子出版、意見広告掲載、ワークショップ開催等）
○イラク人医師の国際会議派遣、日本での講演会開催
○イラク人アーティストの招聘、個展開催
○自衛隊撤退/米軍占領反対に関する意見広告掲載
○イラク紙での意見広告掲載

施設の整備・再建等　¥10,655,283.－（4.4%）
○学校の修復（バグダッド、ファルージャ）
○病院設備の改修（バスラ、ファルージャ）
○その他 病院・消防署・住宅等の再建
○診療所・インターネットセンター等の新規開設

生活基盤関連　¥10,274,360.－（2.5%）
○命の水支援（井戸掘り、飲料水の配布）
○避難民キャンプへの生活支援
（継続的な食料配布、輸送用トラックの配備等）

緊急支援　¥18,219,218.－（5.6%）
○緊急医療支援
（ファルージャ、サドルシティ 他）

本当に「1人の犠牲もなかった」のか？

政府関係者が、「1人の犠牲者も出さなかった」と喜んでいるのも、本来ならば不謹慎極まりないことで、ジャーナリズムはそうした浮かれた態度を戒めるべきではなかったのか。

これでは、小泉首相もさぞかしラクだったことだろう。確かに、04年1月の陸自のサマワ入り以来、戦闘で殺された自衛官がいなかったことは喜ばしいことだ。だが、イラクに派遣された自衛官のうち、少なくとも6人が帰国後に自殺していることも報じられており、イラク派遣によるストレスとの関連が疑われている。犠牲は自衛官だけではない。自衛隊派遣の事前調査という任務を負い、イラク各地を飛びまわっていた奥参事官、井之上書記官は殺害され、事件の真相は未だに明らかになっていない。

自衛隊派遣がための反日感情が高まりで、04年の4月には日本人5人が誘拐され、あやうく殺されかけた。同年5月には、襲撃された橋田さん・小川さんも日本人だからこそ殺された。そして、同年10月には、香田証生さんが日の丸の上で惨殺された。さらにイラクだけではなく、04年5月のサウジアラビアでの外国人襲撃事件では、日本人もターゲットになっていたことが明らかになっている。これらの事実を無視して、「犠牲は出なかった。ノーヒットノーランぐらいすごいことだ」とはしゃぐ、ノータリンな政治家をメディアは批判しなくてはならないのに、それと同レベルでは、何とも情けない。

注釈　麻生外相の発言。06年6月24日の千葉市での講演。

戦災で傷ついたイラクを、ただ純粋に支援するだけならば、平和憲法を持つ国としてのあり方を根本から覆すような、自衛隊イラク派遣を強行する必要があったのだろうか。結局、米国にいい顔をしたいから、という動機があったのだろう。そして、その動機は、まがりなりにも「人道復興支援」という大義名分があった陸上自衛隊がサマワから去ったあと、航空自衛隊の活動範囲拡大、という形で露わになった。

それまで、クウェートからイラク南部のバスラやタリルといった空港へ物資を輸送してきた空自は、バグダッドや北東部アルビルにまで活動範囲を拡大することが決定された。陸自のサマワ撤退がささやかれ始めた06年2月、イラク駐留米軍のキミット准将が、陸自サマワ駐留継続に固執せず、むしろ空自の活動拡大を求める発言を繰り返していたことも、米軍にとって兵員や物資の輸送といった空自の活動の方が、より重要であることを示唆させる。米空軍のニュースサイト「エアフォースリンク」の航空自衛隊の活動範囲拡大を伝える記事（06年6月28日付）も、そのタイトルはずばり、「自衛隊は多国籍軍の要」だった。

だが、米軍の兵士や物資を運搬することは、日本国憲法上、許されることなのか。憲法を専門とする古川純専修大学教授に聞いたところ、こう解説した。

「兵員や食料・水などの物資を運搬する後方支援が、参戦行為と見なされるのは国際法上の常識。つまり、米軍の後方支援を空自が行うことは、憲法で否定される『集団的自衛権の行使』となります。陸自撤退の陰で、空自は憲法違反の参戦行為へと大きく踏み込もうとしているのです」

政府与党は、「アルビルにある国連事務所へ物資を運搬する」とあくまで「人道復興支援」を強調するが、その活動の詳細を明かそうとしない。

民主党「ネクスト防衛庁長官」の長島昭久議員が、「空自の活動については全く情報が出てこない。セキュリティー上の理由もあるのでしょうが、せめて米英のような非公開の与野党議員の情報共有の場を持つべき」と語るように、これは異常な事態だといえる。あくまで、「人道復興支援」を主張するならば、「米軍の兵員・物資は輸送しない」と明言した上で、その活動内容について、もっと情報公開すればよいのである。だが、それができないから、秘密主義を貫いているのではないか。

そして何より、「人道復興支援」などと偉そうなことを言う前に、政府与党が認識しておかなければならないことがある。

＊「イラクが大量破壊兵器を保有している」という、米国のデマカセに乗ってイラク攻撃を支持したこと。

＊ファルージャ総攻撃など繰り返される米軍の非人道的行為に目をつむってきたばかりか、沖縄の基地を訓練・出撃のために米軍に使わせてきたこと。
＊罪のないイラク市民を虐殺し続けてきた米軍やイラク内務省のために、一体これまで何千億、何兆円もの税金を献上してきたか、ということ。

これらの事実に目を向けない限り、政府与党が「人道復興支援」などと言い張っても、タチの悪いブラックジョークにしかならない。あるＮＧＯのイラク人スタッフで、友人でもあるＡは私との電話でこう話した。「『人道復興支援』だろうが、何だろうが、外国の軍隊がイラクにいることが最大の問題なのです。どこの国の軍隊も、帰ってほしい」。

第3章　ファルージャの虐殺

イラクで最も危険な都市

ファルージャへ行こう。無謀にも私はそう考えた。

ファルージャは、人道支援関係者ですら足を踏み入れるのをためらう、「イラク最激戦地」の一つだ。

だが、私には、ファルージャに行かなくては、イラク戦争を語る資格がないように思えた。04年4月の米軍による包囲攻撃を受け、女性や子どもを含む700人以上の住民が殺害されたファルージャは、まさしく「占領の悲劇」の象徴だ。そしてまた、ファルージャに行くことは、日本人人質事件、そして政府やメディアが煽り立てた「自己責任論」に対する、私なりの回答でもあった。あの事件を引き起こした、激しい怒りの根源を、この目で見ておく必要があると思ったのだ。

一連の外国人誘拐・殺害事件のあと、報道関係者も退避したのか、そこにいるのは私だけ。かつては宿泊客でにぎやかだったレストランは、やけにガランとしている。04年5月25日、バグダッド中心部のアル・サフィールホテル。私は、武装勢力の跋扈するファルージャでいかに安全を確保するか、独り考え込んでいた。同年2月にもファルージャ入りした私は、かの地がイラクの中でも別格にヤバいところであることは、身をもって知っていた。カラシニコフ銃を持った、地元武装勢力10人に乗っていた車を取り囲まれ、「自衛隊を派遣した日本人は敵だ！」と罵倒されたこともある。

イラク入りする前に、対策を考えてなかったわけではない。知人を通じて、ファルージャ出身の宗教指導者に協力を仰いだが、反応はイマイチだった。そうかと言って、護衛を雇うのも気が進まない。こちらは取材者として現地に行くわけだから、武器を持ち込むことは極力避けたかったし、第1、米軍の精鋭部隊ですら手を焼いているファルージャの武装勢力が相手では、たかだか数人程度の護衛をつけたところで、気休めにもならないだろう。

助け舟を出してくれたのは、やはりNPO法人PEACE ONのバグダッド支部長、サラマッドだった。サラマッドは、ファルージャ包囲攻撃後、3回も現地入りし、支援物資を配っているが、彼が案内してくれることとなった。サラマッドの助言に従って、現地有力政党「イラク・イスラム党」のファルージャ支部のメンバーに取材に同行してもらうことにした。同支部は、武装勢力と米軍の停戦交渉の仲介役となっている。絶対に安全というわけではないが、護衛を雇うよりも、はるかに安全だろう。

というわけで、5月26日からいよいよファルージャを目指す。距離はバグダッドから西に約65キロ。順調に行けば1時間ほどで着くが、その道中もやはり危険だ。なるべく外から見えにくいよう、車の後部座席で私は沈み込むように座る。頭にはクフィーヤ（アラブ男性が好んでかぶる布）を巻き、サングラスもかけた……のだが、サラマッドは「かえってアヤシイから止めた方がいいよ」と笑う。……そんなこと言われても、素顔さらすのも危険だしなぁ。ともかく、米軍とイラク軍による検問所を越え、遂にファルージャ市内に入った。

包囲攻撃の爪痕

ファルージャでは、よくモスクを見かける。200以上のモスクがあるというこの街は、「モスクシティー」との別名を持つそうだ。住民の多くは敬虔なイスラム・スンニ派で、他の地域のイラク人からは、「純朴で礼儀正しい人々」だと見られてきた。

そのファルージャが「イラク激戦地」となってしまったのは、03年4月末、小学校を占拠した米軍に対し、抗議デモを行った住民たちへ、米兵らが銃弾を浴びせたことに始まる。以来、住民と米軍との間では連日、衝突が続き、04年4月5日には、遂に米軍は町全体を包囲しての激しい攻撃を開始した。

この攻撃は、イラク中の人々の反米感情に火をつけ、イラクでの外国人の誘拐・殺害が相次いで起きた。高遠菜穂子さんら日本人3人を誘拐したサラヤ・ムジャヒディンも、その犯行声明の中で「米国は広島や長崎に原子爆弾を落とし、多くの人を殺害したように、ファルージャでも多くのイラク国民を殺し、破壊の限りを尽くした」と非難していた。

市内中心部にあるイラク・イスラム党のファルージャ支部に到着すると、支部長のカリード・ムハンマド氏が会ってくれ、同支部メンバーが取材に同行してくれるよう、取り計らってくれた。サラマッドがファルージャでの人道支援を行っていたおかげで、話が早い。早速、市内を見て回ることに。

街中にある、かつてのサッカースタジアムは集団墓地と化していた。ここには300人以上の遺体が埋葬されているという。市内にあった二つの墓地には埋めきれなくなったため、スタジアムとその駐車場も墓地とされたのだ。墓標には、遺体が発見された場所や着ていた服の色など、手がかりになりそうなことが記されている。爆撃でバラバラになり、身元がわからないまま埋葬された遺体も少なくないからだ（84～85頁写真参照）。初老の男性が焼けつくような日差しの中、墓の前に立ち尽くしていたので、話しかけてみる。彼はファルージャ包囲攻撃の際に息子を失ったという。

「息子のムハンマドは、まだ20歳でした。彼はただ通りに立っていただけだったのに、米軍の狙撃手は息子を撃ち殺したのです。制服を見れば彼が警察官だとわかったはずなのに……」

スルタンと名乗った男性は嘆く。

攻撃が無差別だったことは、市内を歩き回るとよくわかる。通りには、空爆された車の残骸がいくつも残され、その中には救急車もあった。市内の病院の壁にいくつも穿《うが》ったような痕

がある。病院のスタッフによれば、ファルージャ攻撃の間、米軍はこの病院を包囲した上、狙撃してきたという。

「包囲されている間、私達スタッフや患者が少しでも表玄関の方に近づくと弾が飛んできて、全く外に出られませんでした。この病院の唯一の救急車も、空爆に遭い、患者は即死、ドライバーも怪我を負いました。病院の電話はひっきりなしに鳴ってきましたが、救急車も出せず、医師が往診することもできないので、電話をかけて来た人々にアドバイスをすることしかできなかったのです」

ジュネーブ条約では、医療関係者への攻撃は禁止されているが、米軍はお構いなしということらしい。そのクセ、自軍の兵士が拘束されると、「ジュネーブ条約を守れ」などと言うのだから、呆れる。この病院では、約70人の患者のうち15人が亡くなったが、電気が来なく、冷蔵室が使えないため死体が腐り始めて凄まじい死臭を発し始めた。仕方なく、住宅街に面した裏庭にとりあえず埋葬し、米軍の撤退後に掘り返して遺族がひきとっていったという。

市中心部の住宅地に行くと、家々の壁には小さな無数の穿ったような痕がある。住民達は、「小さな黄色い円筒形の爆弾が何個も落ちてきた」と話すが、おそらくこれはクラスター爆弾だろう。やはりクラスター爆弾が使われた、バグダッドの市街地で見た跡と同じだ。

別の住宅地では、直径20メートルはあろうかという、巨大なクレーター状の穴が空いていた。すさまじい威力にゾッとする。影も形もなく吹き飛ばされたのは、アルフィヤットさん一家の家。

「より安全そうな所へ避難していたので、われわれ家族は無事でしたが、17年間皆で汗水たらして働いて建てた家が、一瞬で消え去ってしまいました。しかも、米軍と地元武装勢力とが一時停戦で合意したその直後にですよ。こんなことが何故許されるのでしょうか？」

目の前で起きた拉致

白昼堂々、カラシニコフ銃を持ち、クフィーヤで顔を覆った男達が行きかう車を止め、中を覗き込む。武装勢力の検問だ。ファルージャでの取材中、こうした光景を何度も見かけた。取材には、米軍と武装勢力との停戦交渉に貢献した、イラク・イスラム党ファルージャ支部の幹部モンサール・ムハンマド・オベイド氏が同行してくれたのだが、正直言えば少し怖い。

ファルージャには、情勢が比較的安定している日を選んで何回か入ったのだが、ある日、まさに拉致が行われる瞬間を目撃した。車での移動中、反対側車線を見ると、やはりクフィーヤの覆面にカラシニコフ銃の男が、イラク人と見られる男性を車のトランクに押し込んでいる！そして、その車はアッという間に走り去っていった。市内中心部の大通りで、白昼での出来事だった。拉致の瞬間を見たとき、私はとっさにカメラを構えたが、オベイド氏は「カメラを引っ込めて！」と制止する。オベイド氏とて武装勢力側が激しく怒っていたら、１００％止められるかは保障できないと言うのだ。

それにしても、あのイラク人と思しき男性は、なぜ拉致されたのだろう。オベイド氏は、「おそらく、米軍に協力した疑いをかけられたのだろう」と言う。住民のほとんどが血縁関係にあるファルージャでは、住民同士の結束は固いが、逆に言えば外部の者に対する警戒心は強い。米軍やその関係者が、様々な諜報活動を行っていることが大きいようだ。

ファルージャ包囲攻撃の口実とされたのは、04年3月31日、4人の米国人が殺され、焼かれた遺体が川に架かる橋から吊り下げられた事件だったが、このとき殺されたのは、日本のメディアが当初報じたような「民間人」ではなく、民間軍事企業「ブラックウォーター・セキュリティ」の社員だった。事件現場周辺の住民達にも話を聞いたが、彼らに言わせれば、「奴ら（民間軍事企業の社員達）は、ファルージャ攻撃のための地図を作っていた」というのである。

住民達の言っていることが本当なのかは、定かでは無いし、例えそれが本当だとしても、むやみに殺せばよいというものではない。しかし、少なくともファルージャの人々にとっては、米軍とともに働く者は敵だったのだ。また、イラクで活動する民間軍事企業が「自爆テロに対する防衛策」として、彼らの車両に接近する車に対して無差別に発砲するなど、イラク人を傷つけたり殺したりしてきたことも事実だ。

果たして、誘拐されたイラク人男性は、どうなったのだろうか？　後日、オベイド氏に聞いたところ、「彼はフランスのメディアのために働いていたんです。われわれが武装勢力に働きかけて解放してもらいました」と語る。何と、解放されたのか。少々意外だったが、よく考えてみれば、ファルージャの人々だって、最初からそんなに攻撃的だったわけではなく、米軍との衝突の中で、外部からの人間に対し神経を尖らすようになったのだろう。

私に対しても敵ではないとわかると、「ウチで昼ごはんをご馳走したい。来ないか」とか誘ってくる。日暮れ前にはバグダッドに帰るべきなので辞退したが、「排他的」と言われるファルージャの人々も信頼を得られれば、実は親しみやすい人々なのかもしれない。

相次ぐ空爆とザルカウィの幻

4月の包囲攻撃の被害実態を明らかにするためには、時間をかけて市内を歩き回ることが必要だったが、実際には難しかった。オベイド氏とは毎日のように電話で連絡を取り合い、情勢が悪いと「今日は危険だから無理」とファルージャ入りを断念しなくてはならない日もあり、むしろそういう日の方が多かった。米軍と武装勢力の停戦は、合意されては破られ、連日のようにファルージャは空爆されていた。これは6月頃のことだ。

米軍の空爆の口実とされたのは、ヨルダン人テロリストで、アルカイダ幹部のアブムサブ・

ザルカウィだ。米軍は、「ザルカウィがファルージャに潜伏している」と主張していた。オベイド氏によれば、米軍と現地武装勢力との間には、「米軍は今後一切ファルージャを空爆しない。治安の維持はファルージャ防衛軍に任せる」「ファルージャ防衛軍及び武装勢力は、ザルカウィ一派を発見した場合、拘束し米軍に引き渡す」との合意がなされたのだという。だが、「ザルカウィの拠点」に対する空爆は行われ、ファルージャ市内やその周辺での米軍への攻撃も続いた。

だが、果たして本当に空爆を受けたところに、ザルカウィ一派はいたのだろうか。私は、ファルージャ東部、ハイワシュアダ地区の「ザルカウィの隠れ家」として空爆された民家に行ってみた。ここは7月5日の晩に空爆され、12人が死傷したという。かなり強力な爆弾が使われたらしく、地面はクレーター状にえぐれている。何か落ちていないだろうか。私はクレーター状の爆心地に降りていき、瓦礫の中をあさってみた。だが、武器弾薬らしきものは見つからない。見つけたのは、イスラム教徒の女性が身にまとうアバヤという黒い布と、子ども服だけだった。

オベイド氏も「ザルカウィなんかいないですよ。米軍が空爆したところは、どれも普通の民家だ」と憤懣やるせないといった様子だ。これまでも、オベイド氏は「ザルカウィの拠点」だとして米軍が空爆した家々を観に行ったが、いずれもただの民家だったそうだ。

「ファルージャの近辺で、ザルカウィと関係すると考えられる外国人勢力が活動しているという情報はあります。韓国人の人質を殺害したグループも、こうした勢力でしょう。ただ、ファルージャ市内には、これらの勢力はいないと思います」

オベイド氏に言わせれば、ファルージャは住民同士が皆親戚同士であり、非常に狭い社会であるため、外国人テロリストが潜伏するのは極めて困難だというのだ。

現地で見聞きする限り、ファルージャにザルカウィがいるかどうかは疑わしいのだが、確かなことは、「ザルカウィ一派を仕留めるため」の空爆で、多くの一般市民が犠牲となっている、ということだ。空爆の間隙に訪れた、ファルージャ総合病院のアデル・アリ院長は苛立ちながら、こう言った。

「ザルカウィなんか、一体どこにいるんですか？ 先月と今月の死者数の合計は、少なくとも40から50人、負傷者数は100人以上にのぼります。しかも、死者の約7割は子どもや女性達だったのですよ！」

「ファルージャ武装勢力のボス」との会見

04年7月某日。ファルージャへの空爆が続く中、私はホテルのテレビの前に陣取り、1日中ニュースを観て焦がれていた。本来ならば、現地に行くべきなのだが、オベイド氏からは

「今は大変危険だから来るな」と言われている。そのとき、宗教指導者らしき初老の男が、武装勢力の戦士達を前に説法している映像が映し出された。「アブドゥラ・アル＝ジャナビ師だ」。一緒にテレビを観ていたイラク人の友人がつぶやく。「ん、誰だ？　それ」と私が聞くと、友人は「知らないのか？　彼こそがファルージャ・レジスタンスの精神的な指導者なんだぜ」と答える。「本当か？　彼に会ってインタビューできないかな？」と私は聞いた。だが、さすがに友人は、「おいおい、そりゃクレイジーだ。殺されたのかい？」と一笑に付したのだった。

確かに少しヤバい相手かもしれない。だが、もし可能なら話を聞いてみたい。というわけで、私はあるルートを通じて、ダメ元でアル＝ジャナビ師とのコンタクトを取ることにした。そして数日後、驚いたことに、アル＝ジャナビ師側から返答が来て、しかも会ってくれるのだという。

私は、ファルージャのあるモスクに呼び出され、アル＝ジャナビ師を待った。彼は米軍に命を狙われており、常に移動しているのだという。約束の時間から少し遅れて、アブドゥラ・アル＝ジャナビ師は会見の場にやってきた。思ったよりも小柄だが、その眼光の鋭さは宗教指導者というよりも、武人のそれだ。ファルージャのみならず、バグダッド南方のラティフィーヤにまでその影響力を及ぼし、「スンニ派王国の帝王」とも呼ばれる師は、さすがにただ者ではない凄みを感じさせる。

アブドゥラ・アル＝ジャナビ師

アル＝ジャナビ師は、「遠いところからよく来た。何でも聞きたまえ」と言う。米軍に命を狙われているためか、会見の時間は30分と限られている。私は、いきなり核心を突くことにした。

「米軍は、『ザルカウィがファルージャに潜伏している』として空爆を続けていますが、いかが思われますか？」

通訳のKは、「本当にコレ聞くの？」と言いたそうな顔で私の方を見たが、ザルカウィという単語だけで、もう質問の意図は伝わっただろう。アル＝ジャナビ師の眉がピクリと動き、こちらも背に冷や汗が浮かんだが、師はこう答えた。

「米軍と戦っているのは、われわれだ。ザルカウィやその一派など、ファルージャにはいない。イラク戦争開戦のときと同じだ。アメリカはありもしない大量破壊兵器を理由にイラクに戦争を仕掛けただろう。ファルージャにザルカウィがいるということにすれば、攻撃する口実になる。われわれの抵抗に米軍はよほど手を焼いているのだろう。彼らからすれば、われわれは皆ザルカウィのようなものなのかもしれないな」

さらに私は、際どい質問を投げた。

「あなた方は、ザルカウィとは違うと？　イラクでは外国人の誘拐が続いていますが、例えば人道支援関係者がファルージャ入りすることについてはどう思われますか？」

アル＝ジャナビ師の答えは、意外なものだった。

「われわれは、例えどこの国からであっても、軍隊がわれわれの町に来ることを断固拒む。当然、それは自衛隊であっても同じことだ。ただし、ＮＧＯは歓迎するし、安全の確保に協力してもいい。われわれは、武器を持った者を受け入れたくないだけなのだ。ファルージャの人々は、破壊された街の復興を、特に日本企業に協力してもらいたいと思っている。われわれは、今でも日本人を尊敬し親しみを持っているのだ」

米軍からは、「テロリストの親玉」とされているアル＝ジャナビ師だが、全く話が通じないわけではなく、むしろスジが通っているではないか。私は試しに、あることを頼んでみることにした。

「私はファルージャで、空爆被害の取材を続けたいと思っていますが、問題はセキュリティーです。外国人の私がウロウロしていると誘拐される恐れがあります。ですから、私の身の安全を保障する紹介状を書いていただけませんか?」

するとアル=ジャナビ師はうなづき、秘書に紙とペンを持ってこさせ、「この日本人は私の客人である。誘拐したり殺したりすることのないように」と一筆書き、スタンプも押してくれた。何だ、結構いい人じゃん。少なくとも私に対しては。そうだ、PEACE ONの相澤さんが私のあと、ファルージャに来るかも知れないんだっけ。この際、彼の分も頼んでおこう。「実は私のあとに、日本人の民間人がファルージャ支援目的に来ると思うのですが、彼にも危害を加えないようにお願いします」と私が言うと、アル=ジャナビ師は「わかった。約束しよう」と言ってくれた。

このすぐあと相澤さんではなく、フォトジャーナリストの森住卓さんがファルージャ入りして、現地武装勢力に数時間拘束されるというハプニングがあった。だが、森住さんは丁重に扱われ、敵ではないとわかると、すぐに解放されただけではなく、武装勢力のメンバーが市内を案内してくれたそうだ。森住さんも、イラク・イスラム党の案内で取材をしていたので、その事が一番大きいかと思うが、ともかく無事で何よりだった。アル=ジャナビ師の約束も口だけではなく、本当だったのだろう。

アル=ジャナビ師との会見やファルージャでの取材でわかったのは、彼らはこちらの態度次第では、非常に紳士的であるし、むやみに危害を加えるわけではない、ということだ。日本人に対しても、もともと敵意を持っていたわけではなく、彼らは米国に協力する国々から軍隊が来ることを嫌っているだけ。実は非常に簡単なことなのかもしれない。「その人（達）が嫌がることをしなければ、ケンカをする理由はない」というくらいに。

果たして、対話を拒絶し、避けられる争いを自ら選んだのは、どちらの方なのか。結局は平和的解決の可能性をムザムザと潰し、血にまみれた混沌を生み出してきただけなのではないだろうか。「対テロ戦争」そのものが持つ、根本的な問題を改めて考えさせられる経験だった。

本当の悲劇の始まり――ファルージャ総攻撃

04年4月の包囲攻撃で、ファルージャはイラク占領の悲劇の象徴となった。しかし本当の悲劇は、同年11月にやってきた。大統領選で2期目を勝ち取ったブッシュ大統領が初めに行った大仕事は、ファルージャに対するかつてない規模の攻撃だった。「直接選挙実施のための治安維持」「アルカイダ幹部アブムサブ・ザルカウィの捕獲あるいは殺害」を名目に、現地時間8日夜、米軍・イラク軍の約1万5000人がファルージャへの総攻撃を開始した。

本当に悔しく、恥ずべきことだが、私はこのときも現地に行けなかった。イラク・イスラム法学者協会と交渉し、現地取材を目論んでいたのだが、やはり「危険すぎる」と合意を取り付けることができなかったのだ。ファルージャは完全に包囲され、一部の従軍記者を除けば、メディア関係者はおろか、赤十字・赤新月などの医療、人道支援関係者すら、ファルージャ市内への立ち入りを許されなかった。まさに世界の目から覆い隠された状態で、攻撃は行われたのである。

これはとんでもない大惨事になる。それまでの取材から私はそう確信していた。現地への突入は無理だとしても、何とか情報を得なくては……。私はイラク人の友人達に片っ端から電話した。友人でNPO法人PEACE ONの現地スタッフであるサラマッドは、すぐに連絡が取れた。

「ファルージャ市内から避難した、イラク・イスラム法学者協会スポークスマンのムサーナ・アルダリ氏に人道支援の相談に行ったら、『市内では動くものは何でも撃たれるから危険だ。街は殺された市民の死体であふれ、死臭が立ち込めている』と忠告されたよ」

イラク人人権活動家のエマン・ハマス氏もこう証言する。

「米軍はファルージャ市民の大半を事前に避難させたというが、とんでもありません。18歳から45歳までの男性はすべてテロリスト扱い。〝戦闘可能年齢〟と見なされ、避難したくとも検問所で市内に追い返されています。家族を残しては避難できない女性や子ども、老人も相当数いるはずで、人的被害はかなり大きくなるのではないでしょうか。また、封鎖された市内では水や電気の供給が途絶えてしまいました。食料不足も深刻で、子ども達が飢え死にする危険があります」

バグダッドの実業家で、避難民への食糧支援などをしていたEさんは、「市内の家々の8割以上が空爆や戦闘で破壊されました。住民のほとんどはホームレスとなるだろう」と語る。「脱出した住民たちは、皆家財道具も持たず難民キャンプに逃げてきています。今年は異常気象で夜はとても寒いのですが、上着も不足しています。日本のNGOからも支援物資が送られてきて感謝していますが、状況は大変厳しいです」

状況は、思った以上に凄まじいことになっているらしい。5~7月の取材でお世話になったオベイド氏は無事だろうか？　彼の携帯電話に電話するが、通じない。私をオベイド氏と引き合わせたイラク人の友人〃サイード親父〃に電話すると、彼も「私もオベイド氏とは連絡が取れないが、おそらくどこかに避難しているのだと思う。イラク・イスラム党のファルージャ支部も破壊されてしまったらしい」と言う。イラク暫定政権に参加し、米軍と現地武装勢力との交渉の仲介役も務めたイラク・イスラム党まで攻撃するとは、本当に無茶苦茶だ。

医療活動の妨害も悪質だ。米軍は、11月8日未明、ファルージャ総合病院を占拠、「病院にいた武装勢力を拘束した」と発表した。しかし、このとき拘束されたのは、実は病院のスタッフだったという証言もある。JVC（日本国際ボランティアセンター）のイラク支援担当の原文次郎さんは（当時）、「あの病院に頻繁に出入りしていた地元ボランティア組織『ファルージャ救済委員会』のメンバーによると、『拘束されたのは100%民間人で、知り合いの医療

破壊された商店街

スタッフや患者だった』と憤っていました」と語る。

医療活動の妨害は、ジュネーブ条約違反だ。米軍は、自分達の兵士が捕まったときはジュネーブ条約を引き合いに出すが、自分達がやることには、許されるとでも思っているのだろうか。

前述のハマス氏も、「4月のファルージャ包囲攻撃の際もそうでしたが、多くの負傷者が治療を受けられずムザムザと亡くなっているのです」と訴える。

「動くものは、それが例え救急車であれ攻撃されるから、怪我をしても病院まで行くことができない。だから、致命傷でなくとも出血多量などで亡くなる人が多い。たとえ運よく病院まで辿り着いても、医薬品はほとんどありません。もともとイラク保健省からの医薬品の配給が断たれていた上、市外からの医療支援関係者が米軍に足止めされるなど、活動が妨害されているからです」

こうした無差別攻撃により、少なくとも2000人の市民が殺害されたとされるが、それにしても、米軍はなぜここまで無茶苦茶なことをするのか。そもそも、その拘束／殺害が総攻撃の大義とされたアブムサブ・ザルカウィについては、総攻撃開始後まもなく、米軍は「市外に逃走したようだ」と発表。最初からザルカウィがいたかどうかも疑わしいのだが、ファルージャにはいないと「確認」したのであれば、すぐに攻撃を中止するべきだった。だが、作戦は続行された。やはり、反米的なファルージャを街ごと壊滅させるのが米軍の目的だったのだろう。アル＝ジャナビ師の「米軍にとってわれわれは皆、ザルカウィのようなものだろう」という言葉通りである。

ファルージャ総攻撃報告書

さらに私は、以前からコンタクトを取っていた現地人権団体「人権・民主主義研究センター」（後に「イラク人権監視センター」に改称）による、ファルージャ総攻撃の被害報告書を入手した。これは、現地イスラム団体や部族団体との連名でアナン国連事務総長に宛てられたもので、現地の住民や医師、人権活動家の証言をまとめたその内容は、まさに恐るべきものだった。いくつかの部分を引用しよう。

「米軍は、病院の医療機材を奪い、運べない器具は破壊しました。そのため、医師達は数日後に代わりの診療所を開いたのですが、米軍の戦闘機が診療所を空爆し、その場にいた人々は全員殺されました」

「非武装の民間人達を家やモスク内で逮捕後、集団処刑するのを見たと、多くの人々が証言しています。また、たくさんの人々が後ろ手に縛られた後、銃殺されました。その他の人々は、米兵の行った犯罪行為を一掃するために、彼らの家もろとも爆破されました」

「犠牲者の遺体を轢き潰すのには、戦車が使われました。目撃者の話によると、米軍の戦車は、まだ生きている負傷者達の上を、何の慈悲もなく走り回り、轢き潰したそうです。市内に入るのを許可された医療チームとその組織は、集中爆撃にもかかわらず、負傷者をまったく発見できませんでした。負傷者達はいったいどこへ行ってしまったか。答えは、もちろん、全て戦車のキャタピラに粉砕されたか、あるいは焼き払われた、ということです」

「民間人の死傷者数は明らかではありませんが、まさしくものすごい数です。米軍も1200体以上を冷蔵所に保管していると発表していますが、04年12月25日と26日には、ファルージャ病院の緊急チームが、六つの住宅地区からだけでも700もの死体を引き上げました。ファルージャは28の住宅地区からなるのですが、そうした死体の中でも504体が子どもと女性で、残りは老人男性と中年の人たちで（外国から来たテロリストではなく）、全て地元の人々でした。自宅の中で親とともに頭を撃ちぬかれた子どもや、体中を銃剣で突き刺された女性の遺体も見つかりました。また、ある遺体の頭部は無残にも体から切り離され、やはり頭部が切断された別の遺体にくっつけてありました」

「米軍は、家族とともに街に留まっていた３０００人以上にのぼる人々（主に男性）を拘束し、屈辱的な檻に放り込みました。しかもこれらの人々には、アメリカの犯罪の証拠をすべて消し去るための強制労働を強いられた人達もいたのでした。また米軍は人々をアブグレイブ刑務所等へと移送しましたが、その悪名高い捕虜収容所の非人間的な環境のため、さらに多くの犠牲が出たのです」

この報告の内容が本当ならば、これは戦争犯罪以外何ものでもないだろう。「人権・民主主義研究センター」代表のモハマド・タリク氏は、国連や関連の機関に対し、ファルージャ総攻撃の被害についての調査を行うべきだと主張しているが、このような訴えに対し、国際社会は耳をふさぐべきではない。

ファルージャと日本

ファルージャに対する2度の大規模攻撃は、イラク占領が始まって以来の米軍の非人道的な行為の中でも、最悪の無差別虐殺となった疑いが強い。1人の日本人として堪えられないのは、実は日本もこのジェノサイドに関与していた、ということだ。

ファルージャ包囲攻撃に先立ち、米軍第5海兵連隊第1大隊は、沖縄本島北部のキャンプ・ハンセンにて、市街戦の訓練を行った。同隊のバーン司令官は、「ファルージャでの勝利は沖縄での訓練のおかげ」と語っている（在日米海兵隊機関紙『オキナワ・マリーン』3月5日号）。

ファルージャ総攻撃の主力部隊・第31海兵遠征部隊も、その拠点はキャンプ・ハンセンであり、当然、ここから出撃した。だが、在日米軍は「極東における国際の平和および安全の維持のため」（日米安保条約第6条）に日本に駐留することを許されているのであり、どう考えても「極東」ではないファルージャに攻め込むことは、条約違反なのだ。

しかも、これらの出撃には私達の税金も使われている。日本政府は、いわゆる「思いやり予算」など、年間6000億円もの税金を在日米軍基地のために提供しているからだ。

その上、小泉首相はあろうことか、「治安の回復は必要」とファルージャ総攻撃を支持してしまった。その前の包囲攻撃が、著しい被害を現地住民に与えたことを「戦闘状況においてたいへん遺憾な状況が起こっているのは事実」（04年4月14日、国家基本政策委員会）と、認識していたにもかかわらずだ。総攻撃が、甚大な民間人の被害をもたらすのは避けられないと国際社会が懸念している中で、あまりに恥知らずな「対米隷従」ぶり。この忠誠こそが米軍のファルージャでの軍事作戦を支えた、と言っても過言ではないのではないか。だからこそ、2度にわたるファルージャでの虐殺は、私の心に余計に重くのしかかるのだ。

第4章　地獄と化したイラク

イラク内戦

「イラクで内戦が起きるかだって？　キミは欧米メディアに毒されすぎだよ。彼らはわれわれイラク人を分断しようとしているんだろうけど、イラクは一つだ。内戦なんかあり得ない」

05年1月末。バグダッド在住の友人はそう言った。サダム政権崩壊後初めての選挙が、「占領下の選挙は無効」とボイコットを訴えたスンニ派抜きで行われたことが、民族・宗派間に亀裂を生むのでは、という私の問いに対する答えだった。全く、友人の言う通りだったなら、どんなに良かったことか。まさか、イラクでの宗派間対立がここまで酷いものになるとは、誰が予想しただろう。

今のイラク、特にバグダッドは地獄のようだ。いや、友人でバグダッド在住のイラク人ジャーナリスト、イサム・ラシード氏の言葉を借りれば、「地獄よりも酷い」。イラクは、「民主国家」として生まれ変わるどころか、血で血を洗う泥沼の内戦状態に陥っている。イスラム・シーア派とスンニ派の抗争で、毎日100人以上が命を奪われ、07年2月の国連の報告によれば、毎月10万人ものイラク人が国外に避難しているという。

「宗派間での殺し合いや占領軍の暴力で、もはやイラクは人の住めるところではありません」

とラシード氏は訴える。

「あちこちに殺された人々の遺体が放置され、それを野良犬どもが食いあさっています。先日、私の息子は、民兵達が罪の無い人々を虐殺するのを見てしまいました。しかも、彼の通う小学校の前で」

ラシード氏の言葉は、決して大げさではないのだろう。彼は以前に撮ったという写真を私に送ってくれた。それは、バグダッド市内の病院の遺体安置所にあったという遺体の写真で、犠牲者の顔面の皮膚は引き剝がされ、両目がくり抜かれていた。２００６年９月に、イラク隣国ヨルダンの首都アンマンでイラクの人権団体の事務所を取材して回ったときも、膨大な数の写真や映像を見たが、なぜ、これほど残虐なことができるのだろうかと啞然とさせられる。荒地に放置され腐敗した数十体もの遺体、自分達が殺した宗教指導者の遺体を引きずり回して写真を撮る民兵達、ダンボール箱に入れられ、路上に捨てられていた、いくつもの生首……。

筆舌に尽くしがたい凄惨な状況だが、それまでイラクではサダム政権による弾圧は別にすれば、少なくとも一般市民レベルでは、スンニ－シーア両派は「兄弟姉妹」として仲良く暮らしていたはずだ。ヨルダン取材で出会った、バグダッドで運送業を営んでいるというイラク人男性は、「サダム時代だって、一般市民の間ではスンニだ、シーアだなんて争うことは無かったのに……」と嘆いた。

「僕の父親はファルージャ出身のスンニ派、母親はクート出身のシーア派だ。以前は、両親のように異なる派の信徒同士が結婚することも珍しくなかったんだ」

長い間、良き隣人として共存してきたスンニ――シーア両派が、なぜ争いあうようになってしまったのか。それはやはり、米軍を中心とする多国籍軍の占領の失敗の結果だと言えるだろう。

スンニ派の孤立

シーア、スンニ両派の間に不協和音が生まれたのは、04年11月の米軍によるイラク西部ファルージャへの総攻撃の頃からだろう。この総攻撃で女性や子どもを含む約２０００[注釈]人が殺されたというが、住人の多くはスンニ派。それに対しイラク軍はシーア派民兵が主体だ。「イラク人権監視ネット」代表のモハマド・タリク氏は、「米軍とともにファルージャに攻め込んだイラク軍は金品を略奪し、医療施設を攻撃して使い物にならなくしてしまった」という。

また、酒井啓子さん（東京外語大）によれば、この頃「なぜ米軍の非道に対して黙っているのか?」「そちらこそテロリスト達を何とかしろ」とスンニ、シーア両派の間で相当激しいやり合いがあったという。ファルージャ総攻撃に憤ったスンニ派政党は、05年1月末の国民総選挙をボイコット。しかし、シーア派とクルド人の政党は、予定通り選挙を行い、イラク政府

虐殺された人々の遺体（現地人権団体提供）

の主要ポストを押さえてしまったのだ。これにより、イラクの政治からスンニ派が取り残されてしまった。

さらに、05年1月末の選挙の結果を受けて、同年4月末に発足したシーア派、クルド人政党による連立政権は、各地方政府に独立国家並みの権限を与える「連邦制」の導入を主張。これに対し、スンニ派勢力は「連邦制は国家の分裂を招く」と激しく反発した。というのも、世界第2位の石油大国イラクでも、有望な油田は南部や北部に集中しており、これらはシーア派、クルド人勢力がマジョリティーである地域だ。

一方、スンニ派が多く住むイラク西部・中部は、有望な油田は無く、農業にも適さない荒地ばかり。つまり、「連邦制」導入によってシーア派、クルド人勢力にとっては、莫大な利権を得られるが、スンニ派勢力は、文字通り「干上がってしまう」わけで、死活問題ということなのである。

注釈　イラク赤新月スタッフの話として「犠牲者は6000人」という説もある。

ドリル、熱湯、酸――イラク治安機関による拷問

それでも、国民総選挙が実施された05年1月末は、まだ一般市民の間では内戦への危機感

はそれほど高くなかった。しかし、同年4月末、有力シーア派政党「イラク・イスラム革命最高評議会（ＳＣＩＲＩ）」幹部のバヤーン・ジャブル氏が内務大臣に就任したことで、事態は一気に悪化する。

元内務省特殊部隊の指揮官で、現在はヨルダンに亡命しているムンタザル・アル＝サマライ氏は私のインタビューに対し、こう証言した。

「ジャブル内相が就任後最初にやったことは、内務省からスンニ派を追放することでした。その後、警察や治安部隊による『スンニ派狩り』が始まったのです」

ＳＣＩＲＩのメンバーは、サダム時代に苛烈な迫害を受け、シーア派国家であるイランに亡命。そこで同国のイスラム革命防衛隊に鍛えられ、結成されたのが、民兵組織「バドル軍団[注釈]」だった。

スンニ派を「サダム支持層」と憎む彼らは、ジャブル氏の内相就任から、治安機関を牛耳るようになり、スンニ派住民を次々捕らえ、凄まじい拷問を加えた挙げ句、殺してしまうということを繰り返したのだ。

アル＝サマライ氏は、彼自身が内務省の施設内で撮ったというビデオも見せてくれた。そこに映っていたのは、全身、赤黒いアザだらけの男性達。皆、激しい拷問を受けたのだという。こうしたジャブル氏のやり方に反発を覚えたアル＝サマライ氏は、家族とともに亡命したのだそうだ。

注釈　その後、「バドル機構」に改称

イラク治安機関による拷問については、ラシード氏も早くから犠牲者達の写真や情報を私の元に送ってくれていたが、いずれも治安機関の深い関与が疑われるものだった。その中の一例を引用しよう。

「05年9月1日、オマル・アハメドさんは、夜中の0時ごろ、バグダッド東部のアダミヤ地区を車で移動していました。バグダッドでは、夜10時から朝6時まで夜間外出禁止令が発令されていたので、アハメドさんは警察の検問所で拘束されてしまいました。心配した家族は必死でアハマドさんを探しましたが、1週間後、彼は市内の遺体安置所で変わり果てた姿で発見されたそうです」

アハメドさんの遺体には、全身に赤紫に腫れた激しい殴打の痕が残り、電気ドリルで開けられたものらしい、いくつも穴も開いていた。明らかに拷問による傷だった。「治安の回復」が何より求められる状況とは言え、外出禁止令に反しただけで、死に至るまでの拷問を警察が行うとは、にわかには信じがたいが、「イラク人権監視ネット」のタリク氏は、「治安機関による人権侵害は、まさにゾッとする恐るべきものです」と指摘する。

「殴る蹴るの暴行は当たり前。不幸にも治安機関に拘束された人は、ワイヤケーブルで鞭打ちされたり、熱湯をかけられたり、熱した金属を体に押し付けられたり、電気ショックにかけら

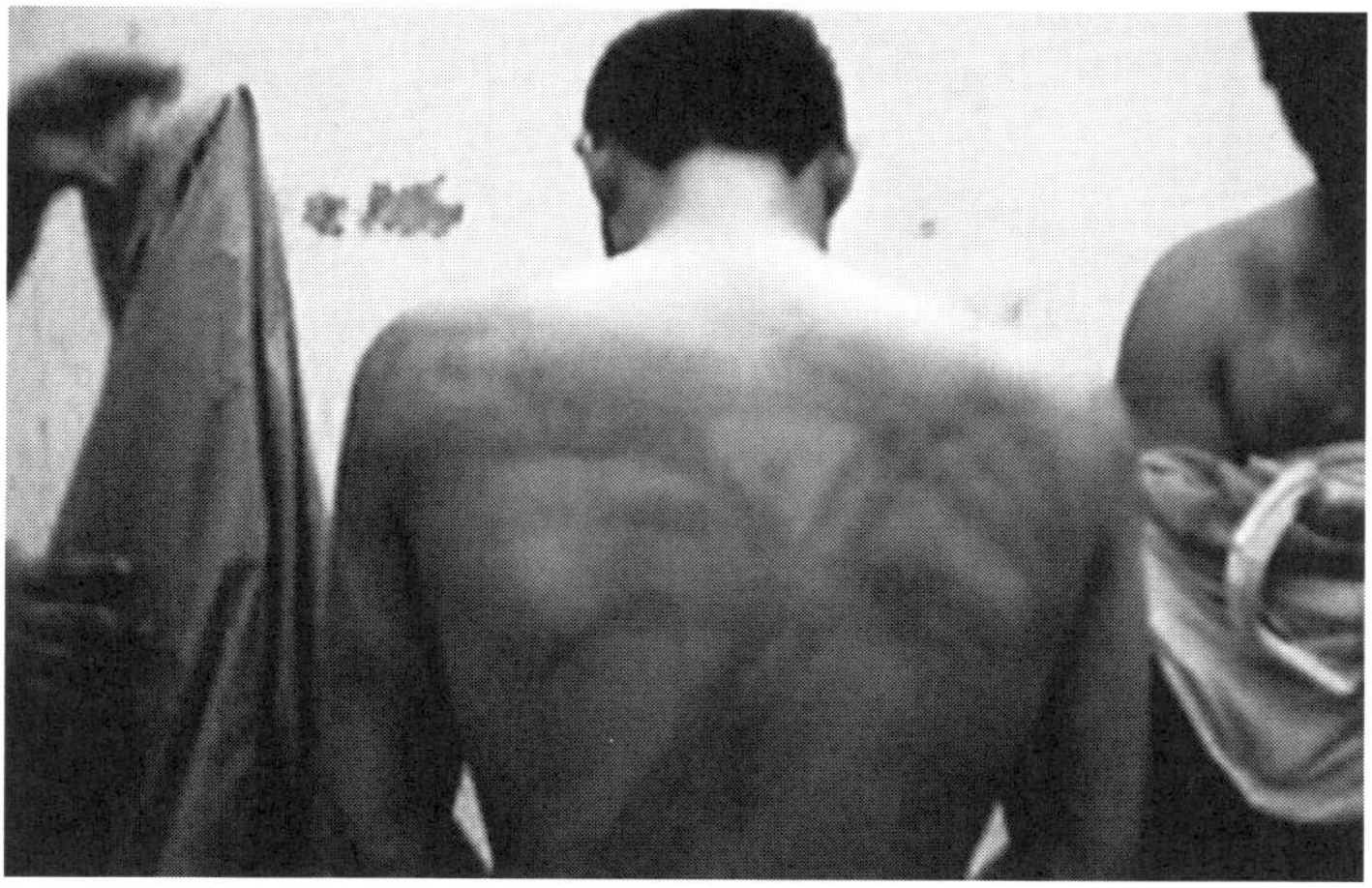

警察署内の映像　（ムンタザル氏提供）

れたりします。電気ドリルで体に穴を開けるのは、最近よく使われる拷問の手法ですが、その穴に硫酸を流し込むのです。こんな恐ろしい拷問はサダム時代にも無かったことでしょう」

ラシード氏も、「これがイラクの現実だ」という。「家族の誰かが警察に逮捕され行方不明になったら、まず遺体安置所を探す。今のイラクではこれが常識なんです」。

宗派間対立を煽ったのは誰か?

イラクが内戦状態に陥っていることに関し、米国政府関係者は、表向きは憂慮するコメントを繰り返している。だが、米国こそ宗派間対立を煽った責任を問われるべきだろう。

米軍が、シーア派民兵組織主体のイラク軍を従えて、スンニ派の勢力圏であるファルージャへ攻め入ったことは、すでに書いた通りだが、そもそも、イラク治安機関を組織したのも、訓練しているのも、一緒に戦っているのも、米軍なのである。

03年4月の占領開始から07年2月現在まで、約154億米ドルもの巨額の資金を米国はイラク軍の訓練や装備のためにつぎ込んできたのだ。その残忍さから「イラク最凶最悪の部隊」と恐れられる対テロ精鋭部隊「オオカミ旅団」も、04年10月に米軍とSCIRIのメンバーらによって創設された。主にバドル軍団などのシーア派民兵組織から精鋭が選りすぐられ、イラク北部モスルで米軍による訓練を受けている。その後、オオカミ旅団は「テロリスト掃討」を名目にスンニ派狩りを開始、イスラム法学者協会のメンバーなど宗教指導者や、一般市民を次々に捕らえては虐殺していったのだ。そのため、スンニ派の市民達は「オオカミ旅団に捕まるくらいなら、まだ米軍に捕まる方がマシ」とまで恐れたという。

だが、オオカミ旅団がその悪名を轟かしたのは、苛烈な「掃討作戦」によるものだけではない。彼らは、シーア・スンニ両派の溝を深める心理作戦にも大いに貢献した。タリク氏はこう指摘する。

「オオカミ旅団は、拘束した人々に、やってもいない罪を『自供』させるため、電気ショックやドリルを使った激しい拷問を行ってきました。『自供』はビデオ撮影され、哀れな被拘束者達は、国営放送局『イラキーヤ』の対テロ番組で晒しものにされるのです」

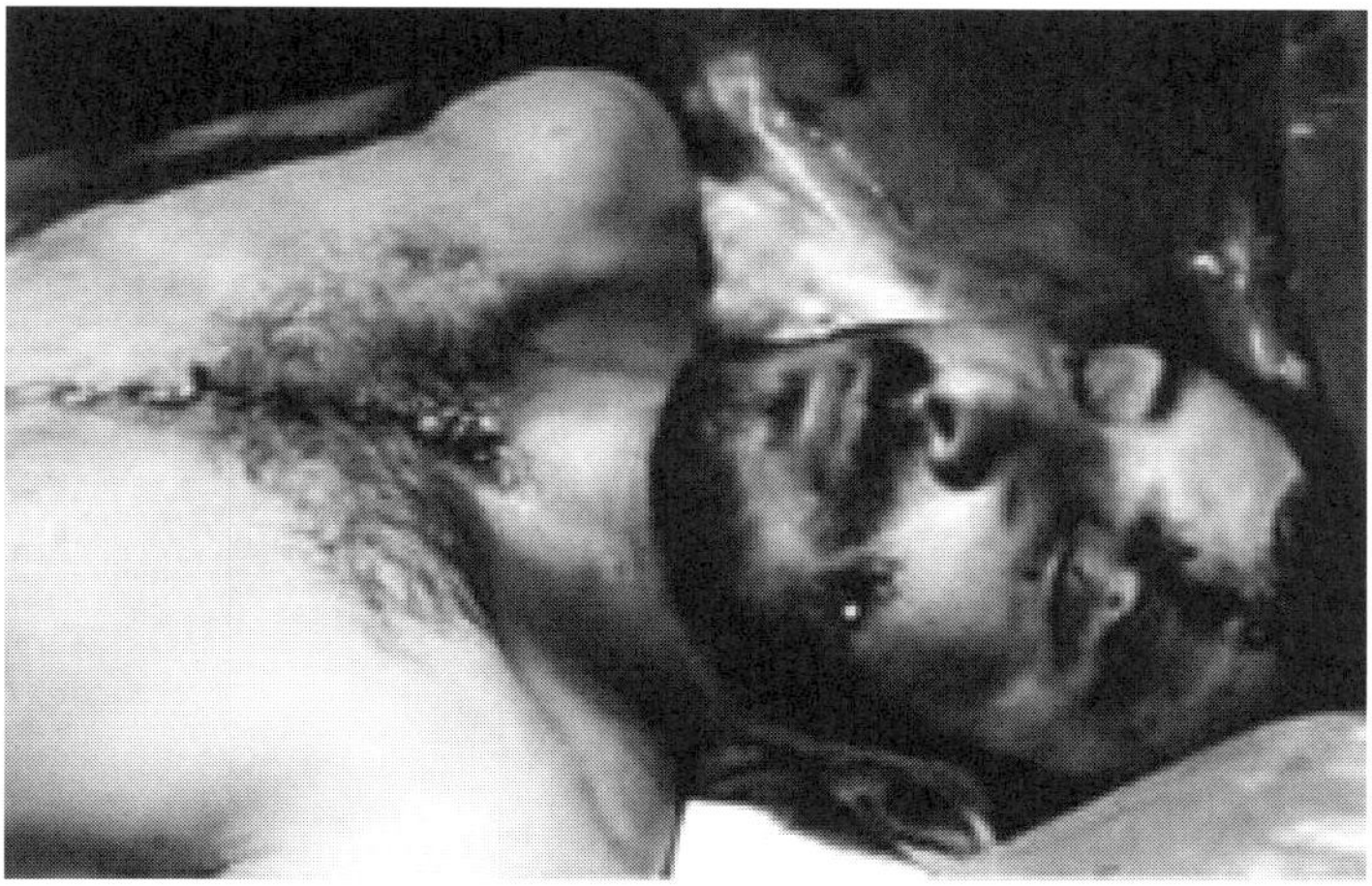

遺体には拷問の痕が残る（ムンタザル氏提供）

対テロ番組を観ている視聴者達は、「自白しているテロリスト」がスンニ派だということは、名前で判別できる。つまり、この対テロ番組は「スンニ派はテロリスト」だとの印象を広げるプロパガンダとして作用した。そして、このイラキーヤ放送を設立したのは、他でもない米国防総省なのである。

宗派間対立を煽っているメディアは、イラキーヤ放送だけではない。バグダッド在住の友人はこう批判する。「今やイラクのどの放送局も、お抱えの宗教政党のプロパガンダ機関だ。シーア派系のテレビは、どんなにシーア派民兵組織が暴れまわっていても、まるで何も起きていないかのよう。スンニ派系のテレビも民兵の残虐行為は伝えるが、テロ事件についてはほとんど報道しない。どちらも、自分の側に偏った報道しかしていない。こんな報道ばかりを見ていれば、お互いに不信感を持って当然だ」。

高遠菜穂子さんも、「シーア派の友人がオオカミ旅団やバドル軍団について、『連中はわれわれを守ってくれる。必要悪だ』と言ったのは、ショックでした」と嘆く。

「彼は、治安機関や民兵組織が残虐行為を繰り返していることを、なかなか認めようとしなかった。最終的にはわかってくれましたが。治安悪化で家に篭っている中でテレビしか情報源がないので、どうしても影響を受けてしまうのでしょうね」

イラク政府関係者の中にも、宗派間対立を煽るような発言を繰り返している者がいる。例えば、イラク国家安全保障顧問で、SCIRIとも関係が深いムワファク・ルバイエ氏だ。彼は、05年8月、1000人近くが犠牲になったバグダッド北部での集団圧死事件[注釈1]でも、「スンニ派のテロリストがパニックを煽った」と発言し、川に落ちたシーア派信徒を救ったスンニ派住民はこの発言に猛反発した。

また、2006年2月、イラク中部サマラにある、アスカリ聖廟が何者かに爆破された事件の直後、ルバイエ氏は、「スンニ派のテロリストの仕業だ」と断言してしまった。アスカリ聖廟爆破事件に関しては疑問点も多く[注釈2]、ルバイエ氏の発言の真偽は明らかではないが、例え本当にスンニ派武装勢力の仕業だとしても、ことさら宗派を名指しして憎悪を煽るのは、あまりに軽率だろう。激昂していたシーア派民兵に標的を示したようなもので、まさに火に油だった。

実際、宗派間の衝突は、アスカリ聖廟爆破事件を契機に一気に激化した。バグダッド南部のスンニ派地区に住む友人が送ってきたメールからも、それはうかがい知ることができる。
「事件後わずか24時間で、マフディ軍（有力シーア派勢力・サドル派の民兵組織）や他のシーア派の民兵達は、スンニ派のイマム（宗教指導者）や信徒130人を殺し、168のスンニ派のモスクを燃やしたんだ……近所の住民は銃を手に取ってモスクへの道を封鎖したけど、守ろうとした四つモスクのうち、三つが燃やされるか爆破されて、イマムも2人殺されてしまった……警察ですらもスンニ、シーアで互いに殺し合いをしているんだ。もう本当にメチャクチャだよ」

その後も、シーア―スンニ両派の激突は収まるどころか、むしろますます激化し、今なお毎日のように流血が続いている。

注釈1　05年8月31日、バクダッド北部カズミヤ地区で、シーア派の宗教行事参列者達が、イラク軍の発砲にパニックを起こし、将棋倒しになったり、橋から川に落ちたりして死傷した事件。カズミヤ地区に隣接するアダミヤ地区はスンニ派地区だが、アダミヤ地区の住民達は怪我をしたり、川に落ちたりしたシーア派信徒達を懸命に救助した。

注釈2　アスカリ聖廟がシーア派だけでなく、スンニ派にとっても重要なモスクであることや、外出禁止令が敷かれ米軍やイラク軍が付近を警戒していたのにもかかわらず、聖廟内側の柱をくり抜いて爆弾が設置されるなど、短時間に忍び込んで犯行を行うことは極めて難しいことから、「むしろ、米軍かイラク政府関係者の仕業では？」と疑う者も少なくない。

イラク内戦を利用？　米国とイラン

なぜ、わざわざ米国やイラク政府は、内戦を煽るようなことばかりするのか。前出のムンタザル・アル＝サマライ元イラク内務省治安部隊指揮官は、驚くべき証言をした。

「今イラクの国会を牛耳っているシーア派政党は、イラクのための働いているのではありません。どいつもこいつも、イランの代理人です。そして、イスラム革命防衛隊などイランの軍・諜報関係者が次々にイラク入りし、民兵を訓練・指揮し、武器や資金も提供しているのです」

すでに述べたように、フセイン政権時代、イランに亡命、その庇護を受けてきたＳＣＩＲＩや、イランからの支援を受けながら、イラク南部での反政府活動を続けたダワ党など、シーア政党は現在もなお、イランの強い影響下にあるという。「私の言っていることは嘘ではありません。証拠もあります」とアル＝サマライ氏は、イブラヒム・ジャファリ前イラク首相がサインしたという、イランからの民兵組織の入国を許可する書類のコピーを見せてくれた。また、別の紙には、イランから入国する人数や名前も記され、そこに書かれた人物達は、イラク治安機関の要職についているのだという。

「イラク人権監視ネット」から譲り受けた拷問被害者の証言ビデオにも、「取調官らを指導し

ムンタザル氏

ていた男はペルシャ語を話し、通訳を使っていた」と被害者が語っているくだりがあった。独自の言語を持つクルド人は別として、普通、イラク人はアラビア語を話す。ペルシャ語を話すのは一般的に言えばイラン人だ。決定的な証拠とは言い難いにしても、イラン人らしき人物がイラク治安機関にいるとすれば、アル＝サマライ氏の証言とも符合する。

確かに、イランとしては、イラクに介入するメリットは充分にある。自分の息のかかったシーア派政党が、イラクでの連邦制を実現させ、独立国並の権限を持つ自治政府を南部に打ち立てれば、イランとイラク南部を合わせた一大シーア派勢力圏を作ることができる。イラク南部には豊富な油田があるから、経済的な利権も大きい。そして何より、イラク情勢が混乱し米軍が手一杯になっていれば、米国の「次の攻撃対象」にならないですむ。

だが、腑に落ちないのは、米国の動きだ。「悪の枢軸」とイランを名指ししたブッシュ大統領が、果たしてイラク情勢へのイランの介入を許すのだろうか？　この疑問に対するアル＝サマライ氏の意見はこうだ。

「米国は当然、イランの介入に気付いているでしょう。民兵組織や治安機関がどんな非人道的な行為を行っているかも、知っているのでしょう。しかし、現在の状況は、ブッシュ政権にとっても、都合がいい部分もあるのです。何故なら、シーア派民兵の凶行があまりに酷いので、米軍による人権侵害や虐殺が霞んでしまうからです」

確かに、バグダッドのスンニ派住民の間には、「今、撤退されたら、われわれはシーア派民兵に皆殺しにされてしまう」と米軍の駐留継続を望む声すら少なくないという。イラク中部・西部では、現在も米軍の軍事作戦が続き、西部ハディーサでの一家皆殺し事件や中部マハムディーヤでの少女レイプ殺人事件のように、女性や子どもを含む無抵抗のイラク人が、米軍に虐殺されることが頻発しているという状況にもかかわらず、だ。しかし、ラシード氏は、「米軍は市民を守らないし、シーア派民兵のやりたい放題を許しています」と断言する。

「2006年11月末、バグダッドの高等教育省で100人以上が誘拐された大量誘拐事件でも、米軍は全く何もしませんでした。連中はバグダッド中に検問所を設けているというのに！

民兵達が米軍に拘束されることもありますが、その次の日にはもう釈放されています。なぜこんなことが許されるのでしょうか？」

米軍とイラク治安機関の関係については、もう一つ興味深い情報がある。友人のイラク人は、米反戦サイトにイラク治安機関に拘束された男性の話として、こんな報告を上げていた。

「私がイラク兵達から拷問を受けているとき、米軍の将校がやってきて『続けろ』と言いました。そして彼は、写真を撮ったりして、私が拷問を受けている様を見て面白がっていたのです」

この友人は、苦々しげに言う。「米軍は、僕たちスンニ派を『サダム支持層』だの、『アルカイダと共闘している』だのと、勝手に思い込んで敵視しているからね。僕の故郷であるイラク西部は、開戦以来、常に米軍による激しい攻撃さらされてきたんだ。だから、バドルとかマハディとかのシーア派民兵組織が、米軍の代わりに、どんどんスンニ派を殺して数を減らしてくれれば、米軍にとっては万々歳なんだろうね」。

友人の言うとおり、なるべく自軍の兵士の命を失うことなく、スンニ派武装勢力を掃討できれば、ブッシュ政権にとって好都合という面もある。米国世論がブッシュ政権のイラク政策に対して批判的である最大の理由は、自国兵士がイラクで犠牲になっていることだからだ。ただし実際には、バクダッドの外ではスンニ派武装勢力の抵抗は激しく、イラク軍だけでは太刀打ちできない。そのため、米軍の死傷者数は増え続け、「イラク情勢を安定させられない」とのブッシュ政権への批判も強まっている。

一方、米軍が撤退すれば、スンニ派武装勢力によってイラク政府は倒されてしまうかもしれないとの予測もあるが、仮にそうした事態になれば、もはや誰の目にも「イラク戦争の失敗」は決定的なものとなってしまうし、「民営化推進」「外資活用」など自分達に有利な条件で進めている油田開発も頓挫する。ブッシュ政権としては、米軍を撤退させるにもさせられない状態なのだろう。シーア派政党や民兵組織を利用して、イラクを分裂させたツケがまわってきているのかもしれない。……もっとも、ブッシュ政権が己のメンツや利権を優先して、イラクに米軍を居座らせることの、最大の被害者はイラクの人々ではあるのだが。

日本外務省の呆れた感覚

イラクを内戦状態にまで陥らせた責任は、米国が最も強く非難されるべきだろう。だが、日本とて、全く関係ないわけではない。陸自によるサマワ支援の章でも触れたが、こともあろうか我らが外務省は「国際協力」「復興支援」などと称して、イラク内務省に対してODA供与を行っているのだ。消防車の2000万ドルは（本当に目的通りに使われればだが）いいとしても、すでにあげた「ムサンナ州での警察訓練」の他、「警察車両」「防弾車両」などの供与で、対イラク内務省支援額全体では、7800万ドルにも上る。つまり、為替レートによっても異なるが、少なくとも90億円以上の資金をイラク内務省にくれてやっているのだ。内務省下の治安部隊がスンニ派虐殺に加わっていたのは、イラク治安部隊を作った米軍ですら認めていることなのに、一体どういう神経をしているのか？　私は、外務省中東第二課に電話して聞いてみた。

志葉　内務省下の治安部隊が、特にスンニ派住民を拷問したり、殺害したりしていたことはご存知なのでしょうか？

中東第二課　そういう報道があったことは存じていますし、イラク新政権発足に向けた国民融和のため日本としても働きかけをしていきたいと思っています。

志葉　内務省の問題はご存知ですよね？　日本の国民の税金がイラクの人々を拷問したり、殺したりすることにお金を使われるのは遺憾だとか、イラク政府の方に伝えたりはしないのですか？

中東第二課　もちろん、そのようなことはあってはいけないことだと思いますし、今後、新政権が発足したらそのような働きかけをしたいと思います。

志葉　今後？　今までは人権問題での協議はしなかったのですか？

中東第二課　ご指摘の件についてはイラク政府の方で調査中ですから、その結果を待ちたいと思います。

志葉　内務省の問題は限りなく黒に近いグレーかと思うのですけども。中立的な立場をとるのであれば、せめて真相が明らかになるまで、内務省向けのプロジェクトを一時停止するべきなのではないでしょうか。ムサンナ州での警察訓練プロジェクトも継続されているのですよね？

中東第二課　個別の案件については……。

志葉　内務省への援助を行うこと自体について、外務省さんのご意見を聞いているわけです。問題があるかもしれないけど、とりあえず援助は続けるというのが、外務省さんのスタンスだと考えていいのですね？

中東第二課　今のところ、内務省への援助を停止するというような話はありません。

信じられない無神経さだぜ。電話を置いた私は、思わずそうつぶやいた。「人道復興支援」を銘打ちながら、本来最優先されるべき、現地の人々の人権には恐ろしく鈍感さは一体何なのだ。もっとも、イラクの人々の人権を気にする神経を日本の政府のヒトビトが持っていたなら、そもそもイラク戦争を支持しなかっただろうし、占領に協力することもなかっただろうけども。

このやりとりは、06年4月に行ったものだが、現在もなお、外務省のホームページには、「イラク復興支援」として、内務省へのODA供与も誇らしげに記載されているのだ。

「作られた内戦って何?」と大手新聞幹部

しかし、気になるのは、外務省の無神経さだけではない。イラク内務省へのODA供与は、別に隠された機密事項でも何でもなく、外務省のホームページに堂々と書かれていることだ。内務省やイラク治安機関が、凄まじい人権侵害を行っていることも、少し海外メディアのイラク報道やアムネスティ・インターナショナルなどの人権団体の報告書に触れればわかることなのだ。

それなのに、なぜ野党もメディアも「ジャパンマネーを使った虐殺支援」を追及しないのか。そう苛立っていた矢先、メディア幹部の仰天発言に出くわした。あれは06年末、東京都内で開催されたイラク情勢についての催しでのこと。

パネリストとして登壇した某大手新聞の編集委員は、イラク人ゲストの「作られた内戦」との言葉に、「作られた内戦ってどういう意味なんですか?」と聞き返したのである。それは、その場に集まった聴衆のために、あえて聞いたという感じではなく、本当に理解してなくて聞いた、という様子だった。

私は、その編集委員の言葉に衝撃を受けたが、同時に納得もした。なるほど、イラクで何が起きているのか、何も知らないというわけだ。編集委員とは言え、全ての国際事情を網羅しているわけではないだろう。だが、少なくともここ何年間かは、イラク情勢は日本の報道の中で、決して小さい話題ではなかったはず。それなのに、新聞紙面の構成をつくる要職が、この程度の知識と問題意識なのだから、それこそお話にならないのである。外報部の記者による記事や、共同通信などの配信記事には、「作られた内戦」を理解する上で役立つものが散見されるが、おそらく、あの編集委員の意識の中ではスルーされていたのだ。

新聞の「政治部」「社会部」「外報部（国際部）」といった縦割り構造の弊害もあるのだろうが、そこでイニシアチブを取るのが、編集委員なり論説委員ではないのか？　あえて社名や個人名を挙げないが、その新聞にしても、編集委員にしても、むしろ私はある程度の敬意を持っていた。それなのに、この有様である。

これでは、外務省や日本政府としてのイラク支援のあり方に対して追及できるわけがない。メディア関係者の友人達の話を聞く限り、おそらく、状況は他の新聞やテレビでも似たようなものなのだろう。組織に中に取材力や問題意識を持っている記者がいても、幹部やトップの認識が甘ければ、報道機関としてまともに作用しないのだろう。

この間、イラク情勢を見続けてきて、つくづく感じるのは、日本のメディアの病理だ。その病理こそが、ただただ対米追従を続ける政権を追及しきれず、ひいてはブッシュ政権がイラクで愚挙を続けている手助けとなっているのだろう。

ジャーナリスト・日本人として向き合う

この章を終える前に、再度強調しておきたい。イラクの内戦は、ある日突然始まったものではない。イラク人が愚かで、争い合うのが好きな国民性だからでもない。イラクという国が建国される前から長きにわたり、隣人として、家族として平和に共存してきた人々を引き裂いたのは、一体何なのか。

それは、占領の過程で何が行われてきたか注意深く見ていけば、誰にでも理解できうることなのだ。この戦争を肯定し、米国に付き従い加担してしまった国で生きる者として、1人でも多くの日本の人々に、わかってもらいたい。イラクは、地獄になるべくしてなってしまったのだ。それは、人々を分断し、争わせ、さらなる憎しみを生むようなことばかりをしてきた、当然の帰結なのである。

この間、私の取材を助けてくれた、イラク人の友人達の胸中を察すると、それだけでやり切れなくなる。かつて私が命がけで現地取材を行っていた頃ですら、今に比べれば、なんと平和で牧歌的だったろう。通訳Kは、イラク治安部隊に拘束されたまま、行方知れずになってしまった。おそらく、彼はもはや生きてはいまい。他の友人達も常に命を脅かされ続けているし、遂には愛する故郷を離れ、外国での避難生活を余儀なくされている人も少なくない。

残念ながら、自分の実感としては、日本でのイラク情勢に対する関心は低くなる一方だが、それでもイラクで一体何が起きているか、友人達の、イラクの人々の声を伝え続けることが、私のジャーナリストとしての、そして日本人としての、せめてものケジメなのである。

第5章　米軍の虐待と拷問

目撃した米軍のテロ掃討作戦

サダム・フセインの統治が独裁的なものであり、恐怖の中で人々が抑圧され、虐殺されていったことは確かなことだ。そして、サダム政権が崩壊したことによって、イラクの人々はその圧政から解放されたことは、一つの事実であろう。だが、それにもかかわらず、米軍を中心とする多国籍軍の占領に、猛烈な抵抗が続いているのはなぜだろうか。

その答えは、ある一つのセリフが見事に表現しきっている。サダム政権崩壊から2カ月たったバグダッドで取材をしていた私は、サダム時代に当局に捕まり、拷問を受けたという男性に出会った。彼は「酷いものだろ」と、私の顔の前で手の平を広げ、切断された指を見せてくれた。私は、「サダム政権が倒されて嬉しいですか?」と聞く。すると、彼はこう言った。「もちろんさ。サダムは去った。でも、もっとタチの悪い奴らが来た……」。これ以後、私は同じような言葉を何回も聞くことになった。

サダム政権を倒したのに、米軍はなぜそこまで嫌われるのか。いくつも原因があるが、大きな要因の一つが「テロ掃討」の名目で横行している、一般市民の拘束や虐待だ。その人が本当に「テロリスト」(あるいはレジスタンス)であるかそうでないかは関係ない。確たる証拠もなく、ただ「米軍への攻撃があった」というだけで、付近の住民を次々拘束しているのである。バグダッドで取材中、私はまさにそうした光景を目の当たりにした。

あれは、04年の7月7日。朝、通訳Kから電話がかかってきた。

「何だ、まだ寝てたのか。バグダッド中心部ハイファァ通りの近くで爆発事件だぞ。銃撃戦も始まっている。今、ホテルのロビーにいるから、早く降りて来なよ」

前日の晩、遅くまで原稿やメールを書いていたので、寝ぼけていた私だが、すぐに飛び起きた。私達は、車で現場へと急行したが、あちこちの道路が封鎖され、現場近くまで辿り着くのに、1時間近くかかってしまった。現場への道を封鎖している警官達に、「われわれは記者で、通して欲しい」と頼むと、「危ないから」と近くの公園のような施設にパトカーで運んでくれた。

そこには、米兵達が集まっていて、防弾チョッキやヘルメットでがっちりと身を固めた欧米人の記者達もいた。どうやら、武装勢力はまだ近くにいるらしい。米兵達が、戦車や装甲車とともに、ハイファァ通りの住宅街に向かっていき、私や他の記者達も徒歩でそれを追う。

成り行きで、ちょっとした「従軍取材」に参加することになった私だが、なにしろ武装勢力の「標的」と一緒に移動しているのだから、非常に怖いものがある。私は巻き添えに遭わないよう、なるべく米兵達と距離を置いて歩いたが、いつどこから攻撃を受けてもおかしくない、というのは嫌なものだ。

なるほど、米軍兵士達がやたら攻撃的で、すぐ銃を人に向けたり、ブッ放したりするのもわかるような気がした。もっとも、米兵達の振る舞いといったら、やはり異常なもので、あまり弁護できたものではない。

この数日前も、そんな米兵達の姿を目の当たりにした。バグダッドのサドン大通りを車で移動中、突然、私達の車の横を米軍のジープ数台がすごい勢いで割り込んできた。しかも車両上部の銃座にいた米兵は、下品な言葉で罵しりながら、拳銃を周りの車に向けていたのである。

さすがに頭にきた私は、「やい、ダーティー・ハリー！　ここはイラクだ。アメリカじゃないんだぜ！」と車の窓から顔を出して叫んだのだが、こともあろうか、米兵は拳銃をこちらに向けてきた。私がグッとにらみ返すと、米兵は銃を下ろしたが、もし私が日本人でなかったら、本当に撃ってきたかもしれない。米兵らのジープはそのまま、他の車を押しのけるかのようにどんどん先に行ったが、全くどういう神経をしているのかと、私はあきれ果ててしまった。

掃討作戦の話に戻ろう。通りには、人影は少なく、ほとんどの住人達は家の中で息を潜めている。しばらく歩いた頃、急に「タタタタ……」と銃声が！　私達報道陣は、あわてて物陰に隠れるが、音の感じだと少し遠いようだ。米兵達と私を含む報道陣は、おそらく武装勢力がいるだろう高層住宅からやや離れた正面にあるアパートに立て篭もり、しばらく様子をうかがう。ときおり銃声がするが、あまり激しいものではない。うーむ、武装勢力はもう撤退し始めたのではないだろうか。そこへ米軍の装甲車がさらに数台来て、中からわらわらと米兵達が出てきた。応援を得た米兵達は、例の高層住宅へと接近する。取材陣らの緊張もピークに達した……が、高層住宅には武装勢力はおらず、拍子抜けする。やはり、来るのが遅かったらしい。

ところが、米兵らは何を思ったのか、突然近くの家々に向かうと、ドアを蹴破って中に突入した。しかも、報道陣が続こうとすると、「下がってろ！　このクソ野郎ども！」と怒鳴りつける。外からは中の様子はわからないが、なにやら米兵達が口汚く罵っているのは聞こえた。まもなく、米兵達は、住民である男性達を家の中から連れ出し、壁に向かって座らせた。

すかさず、報道陣が一斉にシャッターを切り、テレビカメラを向ける。なんとも気分悪く、嫌な光景だった。私もその場にいて、カメラを持ったメディア関係者だということは変わりないわけなのだが。しかし、武装勢力を捕らえに来たのに、なぜ突然住民を拘束するのか？　私がわけがわからないという顔をしていると、Ｋは憮然たる面持ちでこう言った。「武装勢力を捕まえられなかったんで、誰でもいいから拘束したんだろ。報道陣向けのポーズだよ」。男性達は、装甲車の中に詰め込まれて連れ去られてしまったのだが、彼らの恨めしそうな顔や、物陰から様子を見守る女性達の不安げな顔が印象的だった。

釈然としないまま、私が突っ立っていると、近くのイラク人の家族が、「うちで紅茶でも飲んでいきなさい」という。通訳Ｋ氏が「喜んで」と、ついて行ってしまったので、私もお邪魔してシャーイ（アラブ風紅茶）をご馳走になるが、何か自分まで悪いことをしたような、申しわけない気分だった。

「不当拘束」被害者の声

私が米軍による一般市民の拘束と虐待について取材し始めたのは、04年2月のことだった。現地情報提供者の1人で、私の通訳・ドライバーも兼ねていたSが、「米軍が次々に民家に押し入り、証拠も令状もないまま住人を拘束していき、酷い虐待を行っている」とのSOSメールを送ってきたのが、きっかけだ。私自身、米軍に拘束され、なかなか不愉快な扱いを受けたし、そのときに一緒に拘束されたイラク人達も、手酷い目に遭わされていたので、Sの言っていることは、本当だろうと思ったのだ。Sによると、米軍の住民拘束はそれこそイラク中で行われているが、バグダッドでは特に南部のアルヴァイサ地区での被害が深刻なのだという。そこで、私達は同地区で取材を始めた。

イラクというと砂漠のイメージが強いが、アルヴァイサ地区は一面、緑で溢れていた。イラク有数の農業地帯であるこの地域は、一見のどかなところに見えるが、生い茂るナツメヤシの木々の中にサダム政権の残党が潜んでいるとされ、米軍による住民拘束が活発に行われているという。

「父は無実です」と訴える

Sは、「午後5時くらいになると、米軍が一帯を封鎖して、掃討作戦を始めるから、それまでに逃げた方がいい」という。また米軍に拘束されるのはゴメンだが、早めに引き上げれば、多分大丈夫だろう。ともかく、私達は住宅を一軒一軒回っての聞き込みを開始した。

インタビューに応じてくれる被害者はすぐに見つかった。

「2カ月近く前の夜中の2時頃、米兵達は突然、僕たちの家に突入してきました。そして、僕と祖父を後ろ手に縛り、連行していったのです」

そう語るモハメド・ハサニさん（仮名18歳）は、すでに100人以上が拘束されたアルヴァイサ地区の住民の中で解放された数少ない1人。やせ気味で、うっすらヒゲを生やしていたものの、まだ少年の面影が残るモハメドさんだが、傷跡の残る鼻は痛々しく曲がっていた。

「連行するとき、米兵達は、全く無抵抗だった僕たちの頭を、銃で何度も激しく殴りつけました。そして、トラックの荷台に放り込まれたのですが、車がひどく揺れたために、僕は金属製の荷台の床に顔を繰り返しぶつけたのです。それで、鼻の骨が折れてしまった。やっと捕虜収容所に着いたときには、僕は全身血まみれでした」

モハメドさんが、連れ込まれたのは、テントやコンクリート壁を使って造られた屋外施設だった。彼が押し込まれた仕切りだけで、20人もの人々がいて、ギュウギュウ詰めの状態だったという。「屈辱的だったのは、米兵達が私の体についた血を、軍用犬達に舐めさせたことです。ご存知の通り、イスラム教では犬は不浄とされています。あの屈辱は忘れられません」。

20時間後、モハメドさんは解放されたが、解放の際、米兵に「このことを誰かに喋ってみろ。またブチ込んでやるから覚悟しやがれ」と脅されたのだという。

モハメドさんは、ケガの痛みと疲労でフラフラしながらも、やっとのことで自宅に辿り着いた。だが、変わり果てた我が家の様子に愕然としたという。

「家の中はメチャクチャでした。テレビや家具は全部といっていいほどに壊され、車の中も荒らされていました。ウチは農家で養蜂もやっているのですが、ハチの巣箱の半分が水路に蹴落とされ、かわいそうに中のハチは皆死んでしまった。穀物貯蔵庫も農薬の粉末がばら撒かれていて、蓄えていた食糧は全部食べられなくなってしまいました……」

私は、モハメドさん以外にも、いくつものイラク人家族にインタビューを行ったが、共通していることは、米兵達が家の中を徹底的に荒らし、家財を壊していく、ということだ。どこの家も例外なく荒らされているので、何かマニュアルでもあるのか、と勘ぐりたくなるほどである。中には、「お前らが持っていると、テロリストの資金源になる」と、現金や貴金属を奪われたという例もある。おそらく、家宅捜索という本来の目的以外に、家を徹底的に荒らすことによって、住民達に「米軍を攻撃する武装勢力がいるから、こんな目に遭うんだ」と思わせることも目的なのだろう。というのも、家宅捜索を受け、連行された被害者たちは口を揃えて「なぜ自分達がこんな目に遭わされるのか身に覚えがない」と言うからだ。モハメドさんも、なぜ自分が捕まったのか、米軍からの説明は何もない、という。

「強いて言うならば」とモハメドさんは語る。

「この付近は、ナツメヤシ畑にまぎれて、武装勢力が米軍に攻撃を仕掛けることが多いのですが、拘束される3日前、近くで米軍の車両を狙ったと思われる爆発事件があり、米兵1名が死亡したそうです。叔父や兄ら3人も米軍に捕まったのですが、彼らが拘束されたのは、ちょうどその日の晩でした。でも、誓って私の家族は爆発とは関係ありません」

アルヴァイサ地区の住民達の話によれば、どこかで攻撃があると、その近くの家々は皆家宅捜索が行われ、モハメドさんと同じか、もっと酷い目に遭うという。明らかに、「戦力」にはならない老人達まで拘束され、虐待されていることからも、報復的な意味合いが感じられる。

「私と一緒に捕まった祖父は、まだ解放されていないのですが、彼は高血圧などの持病があり、とても心配です。せめて、面会だけでもできればいいのですが……」。モハメドさんは不安げにそう語った。

米軍に拘束された女性

アルヴァイサ地区で、米軍による市民の拘束・虐待の取材を進めていた私は、「米軍は女性も拘束して、虐待している」という話を幾度も耳にした。もし本当なら、断じて許されないことだが、何とか実際に証言してもらえる人物はいないだろうか？　Sは「似たような話は私も聞いたことがあるけど、被害者に会って証言してもらうのは難しいと思うよ。アラブ・イスラム文化的に言えば、家族の女性が外部の者に危害を加えられるのは、一族の恥だからね」という。私もSの言う通りかとは思ったのだが、しつこく聞き込みを続けることにした。

何度も取材を断られ、もう無理かと思った頃、遂に出会ったのが、ファティマ・アリさん（仮名23歳）だった。アルヴァイサ地区で、農業を営む夫と暮らすファティマさんは、03年8月に米軍に拘束されたときのことを話してくれるという。ただし、その時の経験を自分の口から話すのは、あまりに辛いとのことなので、ファティマさんの夫を通して、話を聞くことにした。夫の話によると、ファティマさんの経験とは、以下のようなものだった。

「あの日、家の近くで爆発がありました。犯人捜しをしていた米兵は、たまたま外出していた私を見つけ、銃を突きつけたのです」

米兵らは、恐怖で半ば卒倒したファティマさんを蹴りつけた上、平手で殴りつけ、目を覚まさせた後、後ろ手に縛って連行したという。

「私は、石油精製施設や民家など場所を移されながら、３日間拘留されました。扱いは酷いものでした。最初の日は頭に袋を被せられ、１日中、炎天下に放置されました。次の日は真っ暗な部屋に１人で閉じ込められました。そして３日目は『テロリストはどこだ』と、何時間も問い詰められたのです」とファティマさん。

「でも、私は本当に何も知りませんでした。米兵に『本当のことを言わないなら吊るしてやる』と怒鳴られ、私はまた卒倒してしまいました」

暑さと精神的な疲労で衰弱しきったファティマさんは、解放されるとそのまま病院に担ぎ込まれたそうだ。

ファティマさんのケースからうかがい知ることができるのは、米軍が女性達を拘束するのは、彼女たち自身が何か悪いことをしたからではなく、武装勢力を拘束するため、明らかに非戦闘員である女性を拘束し虐待を加えているということだ。しかも、ファティマさんのようなケースは、他のもいくつもあるらしいことがわかってきた。アルヴァイサ地区の住民達に聞きこみを進める中で、ある住民は「絶対匿名」を条件にこう明かす。

「多くの女性達が、米軍に拘束されていることは事実です。でも、彼女達やその家族から話を聞きだすのは難しいでしょう。なぜなら、女性達は収容所で性的な虐待も受けているからです。例えば、トイレの戸を閉めることが許されず、用をたす姿を米兵達に見られたり、衣服を剝ぎ取った上で男性囚人達のいる房に入れたり、などです。最近、アブグレイブ刑務所に拘禁されている17歳の少女の、イスラム指導者達への訴えが波紋を呼びました。その訴えとは『耐え難い恥辱を受け続けています。どうか、刑務所を攻撃して私を殺してほしい』というものでした」

ファティマさんも、この住民が話すような扱いを受けたかどうかは定かではない。「性的な話題は聞かない」というのも、インタビューの条件だったからだ。わかっていることは、拘束から半年以上たってもファティマさんの心から恐怖は消えず、家の外に出ることもできない、ということだ。ファティマさんの親族達は、「米軍はサダムと同じだ」と憤り、私に対しても「日本はなぜ米国の言うことばかり聞くのか？　もし、自衛隊に望むことがあるとすれば、米軍を追い払ってもらうことだ」とまくしたてたのだった。

アブグレイブ刑務所での虐待

04年4月に発覚し、世界に衝撃を与えたアブグレイブ刑務所での虐待事件。06年9月、イラク隣国のヨルダンで取材中だった私は、この事件の象徴となった写真――両手に電極、頭に黒い頭巾のようなものを被せられた男性が、小さな箱の上に立たされているもの――が自分の姿だという男性に出会った。

その大柄な初老の男性の名は、アリ・シャハル・アッバス。「ハッジ・アリ」の通称で知られているという。本当に例の写真がハッジ・アリ氏なのかは、定かではないのだが、少なくとも彼がアブグレイブ刑務所にいたことは確かだろう。ハッジ・アリ氏は、左手にケガの痕があるが、流出したアブグレイブ刑務所内での虐待写真の中に、頭に袋を被せられているものの、同じケガの痕を持つ囚人の写真が映っていたからだ。私は、ハッジ・アリ氏にアブグレイブ刑務所で何を見たのか、どんなことをされたのか、インタビューすることにした。

「あれは、03年10月ある日の朝でした。バグダッドの自宅に、米兵達が突撃してきたのです。彼らは、私を後ろ手に縛り、頭に袋を被せて、アブグレイブ刑務所に連行していったのです。なぜ、拘束されたかですって？　わかりません。連中は何も説明しませんでした。アブグレイブ刑務所は恐ろしいところでした。皆が泣き、叫び、血を流していました。子どもや女性、老人も拘束され、虐待されていたのです」

連行されたハッジ・アリ氏は、厳しい尋問を受けた。

「取り調べ官達は、私の手の傷痕について『その傷は戦闘で負ったのだろう？』『米軍を攻撃したのだろう？』と問い詰めました。私の手の傷跡は、拘束される大分前に事故によるもので、そう説明したのですが、全く聞き入れられませんでした……。私は帽子以外の衣服を奪われ、写真を撮られました。本当に屈辱的な格好だったのです。その後、私は両手両足を縛られた状態で、刑務所入り口の階段を上るように命令されたのです。はいずって階段を上る私に、米兵達は何度も『早くしやがれ！』と罵倒しました。そして、私に小便をかけたのです」

これ以後、取調べと虐待が交互に繰り返されたという。

「取調官達は、私から情報を引き出そうとしますが、私は何も知りません。でも、知らないと言う度に、虐待を受けました。連中は肉体的にも、精神的にも、私を追い詰めようとしたのです。例えば、頭に袋を被せられたまま8時間も放置されたり、2時間くらい片手を天井から吊られたままの姿勢でいさせられたり。『ミュージック・パーティー』という拷問も受けました。これは、ヘッドフォンで凄まじい大音量の音楽を聴かされ続けるというものです。この拷問は2日間続きました。途中、中断もあったかと思いますが、そのときですら、耳の奥で音楽が鳴っているような気がして、拷問が中断されているのか、されていないのか、わからないくらい

米兵に連行される人々

でした。他にも、２週間くらい裸のままにされたり、数日間、水も食料も与えられなかったり。米兵達は、私に銃を突きつけ、『殺してやる』と怒鳴り、殴りました。『手の古傷が痛むので、鎮痛剤をくれないか』と私が頼んだときも、米兵は『これが米国産の鎮痛剤だ』と叫ぶと、思いっきり私の手を踏みつけたのです」

そして、あの有名な写真の拷問も受けることになった。

「小さな箱の上で、頭に袋を被せられ、両手に電極をつなげられた私を、強力な電気ショックが襲いました。最初の１回で、目の前が真っ白に光り、私は倒れてしまったのですが、私の様子を診た医務官は何と『大丈夫だ。続けろ』と言ったのです。結局、私は５回も電気ショックにかけられたのでした」

医務官まで拷問に加わるとは……想像はしていたものの、あまりに酷い話に唖然とする。やはり、アブグレイブでの虐待・拷問は、「一部の米兵達の暴走」ではなく、意図的・組織的なものなのだろうか。

私がそう聞くと、ハッジ・アリ氏は「疑う余地もない」と答えた。

「断言できますが、アブグレイブ刑務所に囚われた人々は1人の例外もなく、酷い目に遭わされました。特に性的な虐待は、自白を得るための手段として、推奨されていたのです。私は、他の収容者達が虐待されているところも見ましたが、本当に酷いものでした。例えば、ファルージャ出身の80歳の宗教指導者に対し、米軍の女性兵士が『自分とセックスをしてみろ』と言いました。当然、老師は拒否しましたが、その女性兵士はこともあろうか、作り物のペニスで老師をレイプしたのです。また、別の男性は女性用のビキニ水着を着せられ、写真を撮られました。これらのことが、われわれの文化において一体どれほど屈辱的なことか、わかりますでしょうか？」

悪夢のような日々は約半年も続いたが、ハッジ・アリ氏はついに釈放された。「結局、『誤認逮捕だった』そうですよ。全く、ふざけた話です。私は本当に酷い体験をさせられました。今でもなお、あの時の記憶が、フラッシュバックとして私を苦しめ続けるのです」

ハッジ・アリ氏は、アブグレイブ刑務所に囚われた経験を持つ人々の多くが、深刻なトラウマを抱えているという。

性暴力を訴えるオブジェ

「彼らは、助けを必要としています。精神的な治療を受けられる施設を造りたいと私は考えていますが、資金がありません。ですから、私は米軍による虐待の被害者の会を作り、われわれの受けた被害を訴えているのです」

「人質作戦」のレクチャー

ハッジ・アリ氏の証言は、私が以前から追っていた問題についても新たな情報をもたらしてくれた。それは、米軍が武装勢力を拘束するため、また米軍への攻撃を自白させるため、反米武力抵抗には直接関係ないイラク人女性を「人質」として拘束し、性的虐待を加えているという問題である。

私が最初にこの問題について知ったのは、04年2～3月に現地取材に行っていた頃。前出のファティマさんの事件を取材中に、住民達から断片的な情報を聞いていたのだった。ただ、決定的な証言はなく、私自身、「いくら米軍と言え、そこまでするのか？」という疑念もなかったわけでもなかった。しかし、ハッジ・アリ氏は、「間違いなく事実」だと話す。

「米兵達は、囚人達に尋問し『自分は武装勢力のメンバーだ』と自白させようとしていました。囚人が自白を拒否すると、彼の妻を連行してきて、彼の目の前でレイプするのです。こんな酷い仕打ちをされたら、あなたは一体どう思いますか？ アブグレイブ刑務所中で響きわたっていた、イラク人女性達の泣き叫ぶ声は、私のトラウマになっています」

イラク人女性弁護士で、イラクの女性達の人権について調査を行った、アマル・カダム・スワディ氏も、私のインタビューに対し「米軍のイラク人女性への暴力は、アブグレイブ刑務所だけではなく、イラク全土で行われていたと観るべきです」と話していた。彼女が行った聞き取り調査の中で、ハッジ・アリ氏の証言と同じような情報、つまり、尋問の手段としてのレイプについて、聞いたことがあるという。

武装勢力を拘束するための手段としての「人質作戦」についても、現地人権活動家で、女性ジャーナリストのエマン・ハマス氏が情報を提供してくれた。

「米兵達は、武装勢力のメンバーと思しきイラク人の家に突入して、その家の男性を見つけられなかった場合に、女性を拘束していきます。米軍の振る舞いは大っぴらで、『家族は預かった。出頭せよ』という手紙を置いていく場合すらあるのです。私が救援活動に加わり、06年1月に解放された、2人のイラク人女性も『人質』として米軍に拘束されていたのでした」

さらに、現地人権団体「イラク人権モニタリングネット」が、私の元に送ってきた報告書にも次のような記述がある。

「……03年12月、あるイラク人女性は、彼女の夫を探しに来た米兵達に拘束された。妻の拘束を知った夫は、アブグレイブ刑務所に自ら向かい投獄されたが、米兵達は彼の目の前で妻をレイプした……このイラク人女性は解放された後、自殺した」

これらの情報を総合すると、米軍によるイラク人女性拘束／虐待が、「効果のある方法」として、組織的に行われていた疑いはかなり濃厚であるように思える。アブグレイブ刑務所での虐待が発覚した後、米国防総省による内部報告書（通称タクバ報告）でも、「米兵がイラク人女性囚人とセックスした」ことは認めているし、06年1月には米人権団体「全米市民自由連合（ACLU）」が、武装勢力を投降させる目的で、イラク人女性を人質に取るよう指示した内部文書を入手したと発表している。

どうやら、「非戦闘員を人質に取って要求を突きつける」という卑劣な戦術は、現地武装勢力やアルカイダ系テロリストの専売特許ではなかったようだ。しかも、これまでイラクで外国人女性が人質にされることはあったが、ほとんど場合、人質が丁重に扱われ、拷問されたり性的な虐待を受けたりしたというケースはない。つまり、客観的な事実として、少なくとも「人質」に取った女性の処遇という点においては、米軍の所業はテロリストにも劣る、ということだろう。

米軍の「人質作戦」に私が拘る理由は、その非人道性だけではない。払拭できないある疑問があるのだ。今まで知られている事件では、イラクで最初に外国人の民間人が人質に取られたのは、04年4月だ。

だが、すでに述べたように、私が米軍による「人質作戦」について初めて聞いたのは、同年

２月頃。前出のエマン・ハマス氏も、「米軍はサダム政権の残党を拘束するため、占領開始後のかなり早い時期から人質を取っていました」と指摘する。つまり、イラクにおいて「非戦闘員を人質に取る」という行為を最初に始めたのは、現地武装勢力でも、アルカイダ系テロリストでもなく、米軍だったということである。

このことから浮かぶ疑問は、現地武装勢力やアルカイダ系テロリストの外国人誘拐は、米軍の作戦の模倣か、あるいは復讐なのではないか、ということだ。この疑問をハマス氏にぶつけたところ、「私もそう思います」という。「実際、イラクで起きた外国人人質事件でも、解放の条件として『米軍に囚われているイラク人女性達の釈放』は幾度も要求されていますからね」。

米国は情報を公開すべき

この間、米軍による不当拘束／虐待の問題を取材してきて思うのは、調べれば調べるほど許されざる事実が次々に出てくるだろう、ということだ。ブッシュ政権としては、流出した写真に写っていた女性兵士のような「一部の愚かな兵士がやりすぎただけ」としたいのだろうが、米軍が意図的かつ、組織的に人権侵害を行っていたことは、否定できないだろう。

もし、それが違うというならば、米国政府は情報をもっと公開すべきだ。アブグレイブ刑務所での虐待に関する米国防総省の内部報告書も、米上院にすら完全版は公開されておらず、全6000ページのうち2000ページが「紛失してしまった」とされている。

また、米軍は、「イラク人女性を拘束していない」としているが、現地独立系ニュースサイト「アザマン」の06年12月6日付の記事によれば、イラクのファシン・ムハンマド国務相は「大勢のイラク人女性が今なお刑務所に囚われており、彼女達の置かれている状況を憂慮している」とコメントした。

米兵による被拘束者への虐待も続いている。ハッジ・アリ氏によれば、北部クルド人地区のアクラという村に、〝グアンタナモ・アクラ〟という米軍の捕虜収容施設があり、恐るべき拷問や虐待が行われているという。「あそこで起きていることに比べたら、アブグレイブ刑務所でのことはピクニックみたいなものだ」とハッジ・アリ氏は指摘する。

米軍による不当拘束／虐待は、決して終わったことではなく、今なお進行中の問題なのだ。ブッシュ政権は、アブグレイブ刑務所を閉鎖、イラク側に返還したことで、幕引きしたいのだろうが、今、イラクで何が起きているのか、説明すべきだろう。そして、どこまでも米国に追従する日本政府も、それを許している国民も、せめて「唯一の同盟関係」にある国がイラクで何をやっているか、知るべきだろう。

第6章　橋田・小川さん襲撃事件

深夜の悲報

日本人人質事件と並んで、私にとって衝撃的な事件だったのが、04年5月27日に起きた、橋田信介さん・小川功太郎さん襲撃事件だ。2人とは数回会っただけとは言え、同じイラクを取材していた者として、2人が殺害されたときは、非常に驚き、また無念に思った。だから、この事件について、私も不十分ながらも取材した。現地情勢の悪化のため、断片的な情報しか集められなかったのだが、この機会に記しておこうと思う。

深夜、携帯電話の着信音が鳴り響く。うるさいなぁ、誰だよ。こんな夜更けに。私は目をこすりながら、携帯電話の液晶画面に表示された番号を見た。日本から? 電話を取ると、「志葉さん、大変です。日本人2人が襲撃されて殺されたそうです。まだ確認中なのですが、橋田さんと小川さんかもしれない」。知人である某紙の記者が悲痛な声でそう言った。そんなまさか……私は絶句した。

橋田さんとは、03年3月、空爆下のバグダッドでお会いしたのが初めてだった。取材中、サダム政権の情報省に国外追放されるなど、結構大変な目に遭われたようだったが、ムジャヒディン達にまじって義勇兵ビザを取り再入国を果たすなど、あの手この手で取材を続けようとする根性には、敬服した。

小川さんとは、襲撃事件のわずか４日前、バグダットのアルサフィールホテルで会っていた。23日の晩、「最近、治安がすごく悪くなっているから、お互い気をつけましょうね」と小川さんと話し合ったのをよく覚えている。

橋田さんと小川さんの訃報をすぐには信じられず、誤報であればいいと願ったが、日本から次々かかってくる電話が、もはやこれが誤報ではないことを私に伝えた。

生存者の証言

少しでも事件についての情報が欲しい私は、２人のドライバーだった、ラアド・アシュルさん（27歳）に会いに、バグダッド北部アルショアラ地区にある自宅を訪ねた。彼は襲撃時も橋田さん達のドライバーをしていたが、奇跡的に軽傷ですんだ、唯一の生存者だ。

「橋田さんは笑顔を絶やさない人で、私も彼のことを単なるビジネスの相手ではなく、友人だと思っていた。彼がいなくなって本当に悲しい」

そう嘆くラアドさんは、頭や右肩、右足を負傷して、静養しているところだったのだが、襲撃時のことを話してくれた。

「私達が襲撃されたのは、サマワ取材からの帰りで、場所はイラク中部マハムディーヤの2キロ手前、時間は16時50分頃でした。私達の車の右後ろから灰色のオペルが猛スピードで近づいてきて、銃弾を浴びせたのです。最初の銃撃で、助手席に座っていた橋田さんと右後部座席に座っていた通訳のムハンマドは負傷したか死んでしまったと思います。私達のGMC（四輪駆動車）は道をそれ、道路近くにあった木に激突し、引火したガソリンで車は炎上してしまいました。その直前、私と小川さんは車の外に飛び出し、私は近くにあったレストランの陰へ逃げ隠れました」

小川さんが連れ去られるところを見ましたか？

「いいえ、私はもう無我夢中で逃げ隠れたので、その瞬間は見ていません。ただ、小川さんは車の外に飛び出したのに、なぜか走ろうとせず車の傍にいました。私が身を潜めていたのは少しの間でしたが、その後、様子をうかがったときにはすでに小川さんは連れ去られていたんだと思います」

犯行グループは何者だと思いますか。

「わかりません。オペルの中には4人乗っていて、向こうのドライバーの顔だけ見えました。30歳くらいの男で、覆面はしていませんでした。イラク人だと思います」

相手は日本人が乗っていると知って攻撃してきたと思いますか。

「そうだと思います。銃撃の前に、相手の車はわれわれの車と並走しましたが、向こうは助手席に座っていた橋田さんを見たようでした」

そもそも、どの時点で犯行グループは橋田さんらを追跡し始めたのか。実は襲撃されるわずか20分前、橋田さんらは米軍の検問を受けたという。

「私達が通った道は（つい先日まで米軍とサドル派民兵が交戦していた）ナジャフに通じており、検問所付近では多くの車で渋滞していました。暗くなってからの移動を恐れ、帰り道を急いだ橋田さんは、車から降りて検問所の米兵に、先に通してもらえないか、交渉しにいったのです」

このとき、車から降りたことによって、犯行グループが橋田さんを見つけた可能性はある。もし、この検問がなかったら、犯行グループが橋田さんを見つけることも、もしかしたらなかったかもしれない。「結局、米兵は待てと言っただけで通してくれませんでした。私達は迂回路を通り、またバグダッドへの道に戻ってマハムディーヤ近くまで行ったのです」。

ラアドさんの話によると、橋田さんは、米軍の検問所まで、後部座席に座って寝ていたという。助手席には、通訳のムハンマド・ノールアディーンさんが座っていた。検問所のところで橋田さんは起き、米兵に先に通してくれるよう交渉したが、受け入れらず、憮然として車に戻った。そのときに橋田さんは助手席に座ったのだ。そして、橋田さんが座っていた席には、ムハンマドさんが座った。ラアドさんのGMCは、後部座席の窓ガラスにはスモークがかかっていて、外から中が確認し辛いが、助手席は外から丸見えだったのである。つまり、犯行グループの車が並走した際に、容易に橋田さんを確認できたのだ。検問が無ければ、橋田さんも車を降りることもなく、ワザワザ座席を換えることもなかった。これを米軍だけのせいにするには少々難があるが、少なくとも一つの要因になったようである。

優しさがゆえに

ラアドさんの話を聞いて、私は少々、奇妙だと思った。その日の橋田さんの一連の行動には、彼らしくない不可解な部分があるからだ。27日、自衛隊の宿営地を訪れたあと（プレスカードの申請と報じられている。ラアドさんは余り把握してなかった）、14時頃橋田さんらはサマワを発った。このときにラアドさんは、「今日はサマワで1泊して明日の朝に出発しよう」と勧めていた。日が落ちてからは、武装勢力の行動が活発になる。午後を過ぎてからサマワを発つのでは、時間的にかなりギリギリなのだ。だが、橋田さんは何か急いでいる様子で、「飛ばせば暗くなる前にバグダッドに戻れる。すぐに出発しよう」と言ったそうである。

また、いつもは必ずと言っていいほど護衛を雇う橋田さんが今回に限り、護衛を雇わなかったという。無論、世界最強の軍隊である米軍ですら犠牲者が続出する中で、護衛が1～2人いたとしても安全とは言えないのだが、「なぜ、橋田さんが護衛を雇わなかったのか、わからない」とラアドさんは言う。

では、橋田さんは何故、いつもと違った行動をとったのだろうか。あとに、橋田さんのお連れ合いの幸子さんに聞いたところ、目を負傷したイラク人の少年モハマド・ハイサム・サレハくんを日本に連れて行き、治療を受けさせるための準備や手続きで、橋田さんはかなり忙しくなっていたのだという。テレビ局からの仕事も、同時進行で行わなければいけなかったため、おそらく余裕がなかったのだろう。「早くモハマドくんに治療を受けさせてやりたい」という、橋田さんの優しさがゆえに、リスクをとってしまったのかもしれない。

そもそも、橋田さんと小川さんは、ラアドさんのGMCに乗るはずではなかった。後日、アルサフィール・ホテルの従業員などから聞いたのだが、当初、橋田さん達は通訳のムハンマドさんの車に乗ってサマワに向かうはずだった。米軍関係者が愛用するGMCは、武装勢力のターゲットになりやすい。これに対し、ムハンマドさんの車は普通の乗用車なので、セキュリティー面で言えば、彼の車に乗っていくべきだった。ところが、それまで橋田さんと仕事をしていたラアドさんが、ホテルに来て「お前は俺の仕事をとるのか」とムハンマドさんと口論を始めたので、橋田さんは「わかった、わかった。じゃあ、君の車で行こう」とラアドさんのGMCに乗り込んでしまったのである。

橋田さんも、ＧＭＣに乗ることがリスキーであることはわかっていたのかもしれない。だが、ラアドさんと橋田さんは、何度も一緒に仕事をしてきたので、むげには断れなかったのだろう。このときも橋田さんの優しさが裏目にでてしまったのだ。

せめてもの救いは、橋田さん小川さんが襲撃された、ちょうどその日、現地紙『アルマダ』が、橋田さん達がモハマドくんに治療を受けさせようとしていたことが、写真付きで大きく掲載されたことだ。橋田さん達を襲撃した犯人達も、自分達が殺した日本人が米軍の手先であるどころか、イラク人の少年を救おうとしていたことを知り、自分達の行いを後悔するかもしれない。

マハムディーヤ入り

橋田・小川襲撃事件は、小泉政権のイラク戦争支持や、自衛隊イラク派遣以降、イラクでの反日感情が高まっていることを身をもって感じていた私にとってすら、衝撃的だった。そして、同じイラクで取材していた者として、全く人事だとは思えなかった。この事件の背景にあるものは何なのか。現場となった、マハムディーヤでは何が起きているのか。私は知りたくなってきた。

通訳Kに相談すると、「マハムディーヤの人達には、アブグレイブ刑務所の中で何人も会ったよ」と言う。ええーK、アブグレイブ刑務所の中にいたのか！「03年の8月から5カ月ほどね」とKは当時のことを振り返る。

「彼らは酷い扱いを受けていたよ。ハゼムという青年は、米兵に犬をけしかけられ足に食いつかれて怪我をしたし、アフマッドという青年も、6～7人の米兵に殴る蹴るの暴行を受け、肋骨を骨折した。2人とも1日中、炎天下の中に立たされたけど、あれは酷かったな。足元に水を置くんだが、乾きに耐えられなくなって水を飲もうとすると、米兵らは殴りつけていた。他にも、スタンガンで電気ショックを与えたり、大音響で音楽をかけ、眠らせないなどの拷問も行っていたよ」

何とか、マハムディーヤに行く方法はないだろうか。Kは「止めといた方がいい。今行けば、間違いなく殺されるぞ」と止める。何でも、ここ数カ月前から米軍の掃討作戦が活発になってからというもの、米軍やその他の外国人への攻撃が急激に増えているというのだ。だが、私は結局、現地入りすることにした。有力政党のイラク・イスラム党のメンバーが、ちょうどマハムディーヤ支部へ行くというので、それに便乗する形となったのである。

マハムディーヤは、バグダッドからは南に35キロ、車なら1時間もかからないところにある。周辺の村や集落を合わせ約40万人が住み、フセイン政権時代には、フェダイーン（サダム親衛隊）や共和国防衛隊などに属していた人々も多いそうだ。本当は、橋田さん達が襲撃さ

遺影を見せる住人達（マハムディーヤにて）

れたマハムディーヤ南部に行きたかったのだが、「あの一帯はあまりに危険すぎる」とのことなので、中心部近くの団地に行くことにした。ここはつい先日、米軍ヘリの攻撃を受けたばかりだという。

集まってきた住民達に、ジャーナリストだと名乗ると、初老の男性が何やら鉄の管のようなものを持ってきた。「米軍ヘリが撃ってきたミサイルだ。息子とその友人、近くにいた4歳の女の子まで殺された」とその男性は言う。その場にいた人々も口々に、「米軍は無茶苦茶だ。毎日、毎晩のようにわれわれの仲間が殺されているんだ！」と声を荒げる。

私はビデオも回し始めたが、案内してくれたイスラム党メンバーは、「長時間いるのは危険だ。取材は素早くやってくれ」と緊張した面持ちで言う。

私は、「橋田さんと小川さんのことは知っていますか？　彼らはイラク人の少年を助けようとしてたんです」と、2人のことが書かれたアルマダを見せた。すると、その場に居た人々は新聞の記事に読んだあと、こう言ったのだった。

「マハムディーヤの住民として、2人やそのご家族には、本当に申し訳ないしお詫びしたいと思う。そんないい人達だったとは。でも、どうかわかって下さい。私達はいつも家族や友人の誰かが、米軍に拘束されたり、殺されたりしているのです」

　話が核心に近づいてきたと感じたが、イラク・イスラム党のメンバーが「話はここまでです。今すぐ帰りますよ」とさえぎり、強引にインタビューを打ち切った。「ひどいじゃないですか。これからだったんですよ」と私が文句を言うと、彼はこう説明する。

「いいですか、そろそろ危険な時間帯なのです。この一帯では午後2時には商店街のシャッターが降り、武装勢力が闊歩し始めます。もし、彼らに遭遇したら、私が一緒にいても命の保障はありません。現にわれわれの仲間ですら、つい先日、この近くで何者かに殺されているのです」

　それなら、最初から教えてくれれば良かったのに、と思ったが、さすがに助言に従うことにした。

マハムディーヤ住民の話

マハムディーヤでの現地取材は中途半端に終えざるを得なかったが、そのあと、イラク・イスラム党も、「危険だ」と協力を渋るようになってしまった。仕方ないので、通訳K氏に私からの質問票を持たせてマハムディーヤに行ってもらい、インタビューしてもらうことにした。インタビューに答えてくれたのは、Kの友人で、ムスタファ・アッバスさん（仮名）とその家族、友人達。マハムディーヤ北部のユースフィーヤで農業を営んでいるという。襲撃現場から持ち去られた小川さんの遺体が発見された、すぐ側だ。

ムスタファさんは、「公開されたアブグレイブ刑務所での虐待写真の中で、裸にされているイラク人らの中に、マハムディーヤの人間が含まれていたという。小川さんの遺体は衣服が奪われた状態で発見されたが、これはアブグレイブ刑務所の虐待に対する報復の意味もあったのではないか」とKに話したという。

「米軍の連中は、数カ月前くらいから、この地域で派手に掃討作戦を始めるようになった。家々に片っ端から押し入り、荒らしていく。タンスやベッドなどの家具やテレビ、冷蔵庫などの電化製品など、家の中のものは全て壊していくし、現金や金など金目のものを全て奪い去っていく。その上、大勢の住民が十分な証拠もなく拘束され、アブグレイブ刑務所などに連れていかれて、その多くは未だに戻ってきていない」

こうして、マハムディーヤの住民達は、米軍やその協力者に対して、強い敵意を持つようになり、今では多くの住民が、武装勢力に対して協力するようになっているという。あちらこちらの壁に、「米兵とその協力者に死を」とスローガンが書かれ、住民達は常に外部からの人間に対し目を光らせている。

ジャーナリストですら、敵視の対象になっているとのことだが、それは外国のジャーナリストらが来るようになった頃と、米軍が掃討作戦を始めた頃とが時期的に重なっており、「ジャーナリストとは米軍のスパイなのでは?」という疑いを持っているからだそうだ。橋田さん達が、マハムディーヤを通る10日ほど前も、「日本人ジャーナリスト」(本当に日本人で記者なのかは不明)が同地域に来て、写真を撮っていった。その直後、米軍が村々を急襲したのだという。「だから、橋田さんや小川さんはスパイだと勘違いされたのかもしれない」とムスタファさんは語る。

もし、それが本当ならば全くひどい勘違いだが、「ジャーナリスト=スパイ?」という住民達の疑いに、全く根拠がないわけではない。紛争地で、各国政府関係者や軍関係の諜報員が「ジャーナリスト」「NGO職員」と名乗ることはよくあることだ。03年にイラクで殺害された故・奥氏、井上氏も、「われわれはジャーナリスト」と名乗っていたことが報じられている。

イラクには、2万人近い「民間軍事企業注釈」の社員が、情報収集や戦闘へ参加など、米軍の作戦に様々な形で協力しているが、これもイラクで外国人の民間人が狙われるようになった一因だろう。

そして、やはり指摘されたのが、自衛隊イラク派遣だった。

「武装勢力は米国に協力する国々の人間を許さない。もし、小川さん達が、軍をイラクから撤退させたスペインや、最初から軍を派遣していないフランスの人だったら、おそらく殺されなかっただろう」

そう、ムスタファさんは断言したのだという。

注釈　当時。その後、民間軍事企業の人員は10万人にまで膨れ上がったとも言われる。

事件の真相究明は

通訳Kの持ってきてくれた情報は、なかなか興味深かったが、残念ながら「遠隔操作」での調査も続けることはできなかった。ムスタファさん宅で話を聞いる最中、Kは武装勢力による襲撃を受けたからだ。幸い、Kはムスタファさんの機転で裏口から逃げ出し、命からがらバグダッドに辿り着いたが、そんなことがあった以上、私からKに頼むわけにはいかなかった。

その後、橋田・小川襲撃事件に関しては、ジャーナリストの金子貴一氏が、事件の実行犯と見られるグループと接触し、『文芸春秋』（04年9月号）にそのインタビューを提供されているが、同記事の解説文で橋田幸子さんも触れられているように、仮に本当に実行犯のインタビューだとしても、実行犯らは彼らの都合で事実を捻じ曲げて発言しているように私には思えるのだ。

金子氏の記事によると、実行犯は「日本人だとは知らなかった。ＣＩＡと間違えた」と言っているのだが、果たして本当だろうか。ラアドさんは、「実行犯は助手席に座っていた橋田さんを見たようだった」と証言している。小川さんが、彼の友人達に向けて送った最後のメールの中で「今まで親日的だったイラク人達が敵意を向けてくるようになってしまった」と嘆いたように、またＫが調査してくれたように、やはり自衛隊イラク派遣がために、実行犯は「日本人だと知った上で、憎しみを持って」殺害に至ったのではないか。そんな疑問を払拭できないのだ。

だが、現地での取材も、遠隔操作での調査も、極めて難しいため、私には真相究明の手段がない。橋田・小川事件の取材を最後までやり遂げられなかったことは、私の心に刺さったトゲとして残っている。

ミス・トーキョー

橋田さんと小川さんと言えば、印象的なエピソードがある。あれは襲撃事件から1カ月後のこと。

「コニチワー」。行きつけの大衆食堂で、昼食のチキンを私がほおばっていると、妙な発音の日本語が耳に入ってきた。振り向くと、小さなイラク人の女の子が手を振っている。この食堂のオーナーの娘さんだ。彼女は、隣のアルサフィールホテルに泊まっていた橋田信介さんから日本語を少し教わったらしく、日本人を見つけると声をかけてくる。名前を聞くと、何故か「トーキョー」と答えるので、私はミス・トーキョーと彼女のことを呼ぶことにした。

食堂のオーナーのアルジャナビさんによれば、橋田さんと小川さんが毎日のようにこの食堂に来ていたそうだ。「娘は、よくミスター・ハシダに日本語を教えてもらっていました。彼らは、とても親しみやすくていい人達だった」。アルジャナビさんは、橋田さんと小川さんからもらった写真を見せてくれながら片言の英語で言う。「まさか2人が殺されるなんて。本当に悲しいことです。私達親子は彼らのことが大好きだったのに……」。ミス・トーキョーは、嬉しそうに2人と一緒に写った写真を持って私に見せようとする。2人が殺されたことを、彼女

ミス・トーキョー

は知らされていないのかも知れない。

おそらく、ミス・トーキョーの様に、橋田さんと小川さんは、多くのイラク人から好かれていたのではないか。私にはそんな気がする。そして、橋田さんと小川さんの死は、彼らを慕ったイラク人にとっても、悲劇だったのだ。改めて2人のご冥福を祈りたい。

第7章　激戦地レバノンを行く

久しぶりの戦地取材

「バリバリバリ、ドドーン」

突然、雷のような轟音があたりに響き渡ったかと思うと、巨大な爆煙がきのこ雲のように立ち上った。

「空爆だ！」。乗っていたタクシーの運転手が悲鳴を上げる。現場に駆けつけると、そこはまさに「グラウンド・ゼロ（爆心地）」。8階建ての高層住宅が9棟も倒壊し、瓦礫の山を煙と炎が覆う……。06年夏、約1カ月間続いたイスラエルによるレバノン侵攻。世界中のメディアがレバノンに集まる中、私も8月8日から19日まで現地取材を行った。

イラク戦争の取材のときと同じく、私はレバノンにはあまり行きたくなかった。日本を発った後、飛行機の中で「あと、数時間で着いちゃう。イヤだなぁ、帰りたいなぁ」と1人考え込んでいたものである。さらに、私には戦地取材があまり気乗りしない理由が増えていた。この頃、私は結婚して1年も経っておらず、おまけに娘も2人いたのである。まだ生後半年の赤ん坊と、妻の連れ子で私の養子になった4歳の子。この子達と妻を残して、私がくたばるワケにはいかない。

とはいえ、この時点で既に犠牲者は８００人以上、国民のほぼ4分の1となる１００万人が避難民化しているという、深刻な被害状況となっていた。やはり、これは現地に行かなくては。最初から、妻も、「爆弾に当たらないよう、気をつけていってらっしゃい」と言ってくれた。私の仕事を知っている上で結婚したとはいえ、妻の理解はありがたかった。だからこそ、いつもに増して、「どんなに危険なところに行っても、必ず生きて帰る」という仕事上のポリシーを貫き、生き残らなくてはならない。本格的な戦地取材は、かれこれ04年のイラク現地取材以来だ。

勘が鈍っていないだろうか、との不安もあったが、現地情勢に詳しい友人達に話を聞き、対策を考える。「かなり空爆が激しくて、レバノンに入国すること自体も難しいかも……」と言われるが、まず隣国シリアに行き、入国の方法を考えることにした。

レバノン入国には、通常ならベイルート国際空港に飛べばいい。だが、イスラエル軍が空港を空爆した上、封鎖しているから、空路はムリだ。陸路も、普段は隣国シリアの首都・ダマスカスから、直通の道路があって約3時間ほどでベイルートに着く。レバノンは、岐阜県と同程度の小さな国なのだ。だが、この道も危険すぎて使えない。ダマスカスでタクシードライバー達と相談した結果、ぐるっと大回りをして、レバノン北部から入国し、ベイルートを目指して南下することにした。このルートも危険でないわけではなかったが、他にルートはない様子。

タクシードライバーは、300ドルでベイルートまで行ってくれるという。上等。私はタクシーに乗り込む。

8月8日未明、私はレバノン入りした。心配していたベイルートへの道中は幸いなことに、特に問題もなく順調だった。遠回りしたから、6時間ほどかかったが、無事で何より。こんなときでも、ホテルは営業しているので、ベイルート中心部のホテルにチェックインした。さて、通訳とドライバーをどうするか。日本で友人に連絡先を聞いた現地の学生は、いくら電話してもつながらない。だが、ホテルの従業員が手配してくれるという。なるほどね、「心配しなくても、向こうの方から営業かけてくるよ」と友人は言っていたが、その通りのようだ。

ただ、問題は人件費。「1日600ドルとか取られるというよ」と友人は言っていたが、貧乏ジャーナリストの私には、あまりに高すぎる。いつも思うのだが、資金の豊富なマスメディアが価格を吊り上げるので、フリーとしては、全くたまらないのだ! 現地の通訳やドライバーも、危険を冒して仕事をしてくれるのだから、相応の謝礼を払うことは当然だとは思うのだが……。翌朝、50歳くらいの小柄でやや小太りな男性がやってきた。「ハッジと呼んでくれ」というその男は英語を話し、車も持っているという。まあ、報酬は交渉だな。とにかく、この親父と組むことにしよう。

空爆で傷つく人々

さっそく、私はハッジの車で、ベイルート市内を見て回ることにした。攻撃を恐れてか、通りには車の数は少なく、ほとんど店がシャッターを下ろしている。空爆でいくつもの建物が損壊し、全壊しているものも多い。南部シーヤ地区を通りがかったとき、何やら騒がしいので様子を見に行くと、昨日７日夕方に空爆されたばかりだという。

現場は、５～７階建てのアパートが立ち並ぶ住宅地で、一つのアパートが瓦礫の山と化し、周囲のアパートも壁が剥がれ落ちて、今にも倒壊しそうだ。近所の住民であるモハメドさんは、「何が起きたかって？　子ども達が母親とお茶を飲んでいたところに、イスラエル軍が空爆しやがったのさ」と興奮気味にまくし立てる。何人が犠牲になったのか、と聞くと「まだわからないが７人が負傷し、24人は亡くなったようだ……まだ20人が見つかっていない」という。

このアパートの住民は、より空爆の激しい南部から逃げてきた避難民だったそうだ。モハメドさんは、「何故、彼らを殺したのか。彼らは普通の市民だ」と憤る。

次に私達は、市内の病院を訪ね、空爆の被害者達に会うことにした。最初に訪ねたのは、アルハヤート病院。受付で取材協力を申し出ると、快く応じてくれた。

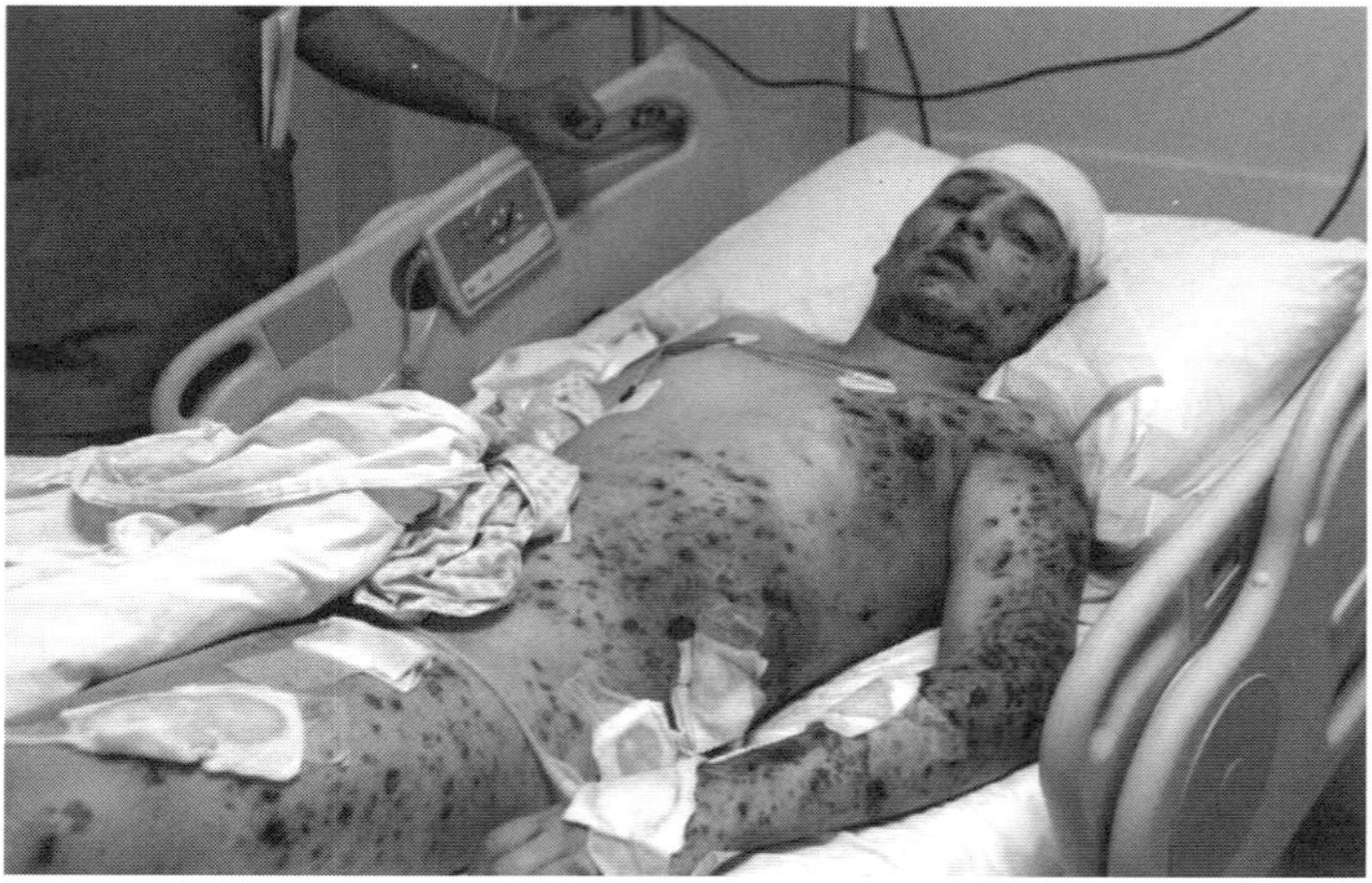

空爆で負傷したハッサンくん

「う、こりゃひでぇ……」。病室のベッドに横たわる少年の姿を見て、私は息を呑んだ。大柄だが、まだ13歳だというハッサンくんの左半身には、顔から足まで無数の小さな穴が開いていた。数十もの細かい鉄片が食い込んだ傷だ。この傷には見覚えがある。おそらく、クラスター爆弾によるものだろう。イラクでクラスター爆弾の被害者を見たが、同じような傷だった。医師によると、ハッサンくんは体の傷だけでなく、精神的なショックも大きいのだという。付き添っている母親に話を聞いてみると、17歳の兄も別の場所で空爆に遭って死んでしまったと連絡が入ったが、ハッサンくんにはまだ兄の死を知らせていないそうだ。「他の家族とも、空爆の中ではぐれてしまいました。私と息子は一体どうしたらいいのでしょう……」。ハッサンくんの母親は、途方に暮れて泣き始めてしまった。

次の病室で会ったのは、40代の女性。妊娠6カ月だったが、空爆のショックで流産してしまったのだという。「なかなか子宝に恵まれず、5年目にして、やっとできた赤ちゃんだったのよ……」と女性は嘆く。私も半年前に娘が生まれたばかりだったが、同じようなことが自分の身にふりかかってきたらと思うと、どう言葉をかけていいか、わからなかった。この女性も、南部の村からシーヤ地区へと避難してきたところを、空爆に襲われたのだという。

アルハヤート病院では、他に何人もの患者に会わせてもらったが、入院しているほとんどが女性や子ども、老人達、つまり非戦闘員ばかりだった。たまたま私が訪れたときがそうだったのかもしれないが、やはり戦争で最も理不尽に傷つき死んでいくのは、最も弱い者達なのだろう。

アルハヤート病院の取材の後、私はハリリ元首相が建てたというラフィク・ハリリ大学病院へ向かった。ここは、アルハヤート病院よりもガードが固かったが、ちょうど面会に来たという女性が、入院している娘さんに会わしたいというのでついていく。その14歳の少女は、頭部に重傷を負い、昏睡状態に陥っていた。口には、チューブが差し込まれていた。「ララは歌とギターが好きなただの女の子。平和を愛するやさしい子なのよ……」と、ララさんの母親は目に涙を浮かべて、携帯電話の液晶画面を見せる。

そこに映し出されたのは、ララさんが空爆に遭う前の動画だった。ギターを弾きながら「神様、助けて」と歌っている歌は、空爆で殺されたレバノン南部の村カナの子ども達に捧げたものだそうだ。「でも、彼女はもう、歌えなくなってしまった……」とララさんの母親は嘆く。この動画が撮られた翌日、ベイルートの自宅が空爆されてしまったのだ。

「拘束されたイスラエル兵を助けたいなら、ヒズボラと交渉すればいい。たった2人のためになぜ1000人もの一般市民を殺すのか」。病院取材の後、ハッジもそうぼやく。今回の戦争は、イスラエル兵2名が、現地有力政党で武装組織でもある「ヒズボラ」に拘束されたこととされている[注釈]。ただ、実のところ、イスラエル兵がヒズボラに拘束されるのは初めてでないし、イスラエル側もヒズボラの戦士を拘束しており、これまでも捕虜交換が行われている。それなのに、今回の戦争では計7000回もの空爆が行われ、1187人のレバノン市民が死亡、3600人が負傷した。また、イスラエル側でも、ヒズボラによる報復のミサイル攻撃で44人の市民が亡くなっている。ハッジの言うとおり、交渉すればいいことだろうに、被害はあまりに甚大だ。

注釈　アラブ系メディアでは、先にレバノン領を侵犯したのはイスラエル軍であり、ヒズボラとの戦闘の果てにイスラエル兵は拘束された、とされている。

恐怖のリタニ川越え

イスラエル軍は、レバノン南端の国境沿いから北上してきている。より前線に近いところで取材したい私は、ハッジに「スールに行きたいんだが……」と持ちかけた。スールとは、南部にあるレバノン第3の都市だ。だが、ハッジは「冗談じゃない、あんたは死にたいのか？ スールに行くには、リタニ川を越えなきゃならんが、イスラエル軍はあの川より南では、路上に動くものがいれば、それがニワトリでも空爆するって言ってるんだぞ。実際、何台もの車が空爆されてるんだ」と反対する。そう言われて私は黙って地図を見た。レバノンは、岐阜県ほどの小さな国だ。レバノン中部を流れるリタニ川からスールまでは、大体10～15キロくらい？ 歩いていけない距離じゃないな。私はハッジに言った。「とにかく、リタニ川の近くまで行ってくれ。川まで行った後は俺自身でなんとかする」。ハッジは、リタニ川近くまで行くのも嫌そうだったが、しぶしぶ引き受けてくれた。

リタニ川へ向かう道は、他のレバノンの高速道路や一般道がそうであるように、イスラエル軍によって、あちこち壊されていた。ヒズボラの移動を封じるためらしいが、彼らは山中を移動するので、高速道路を破壊しても、一般市民が困るだけだ。むしろ、物流を止めてレバノン市民を疲弊させるのが、イスラエル側の目的なのではないか。などと、考えているうちに、リタニ川が近づいてきた。あたりを通る車はもはやほとんどない。と、突然目の前に、モスグリーンの軍用トラックやジープが見えてきた。レバノン軍だ。車を降り、道路を封鎖しているレバノン軍の兵士に近づくと、「ここから先は危険だ。さっさと帰った方が身のためだぞ」と言う。私は、レバノン内務省で貰った取材許可書を見せて言う。「危険なのは承知で来ている。通してくれ」。兵士達は何やら少し相談していたが、すでに別のジャーナリスト達が3人来ていて、彼らもスールまで行くと言い張っていた。兵士達はうんざりした顔で言う。

「通っていいよ。でも、何かあっても俺達は知らないぜ」

別れ際、ハッジは「死ぬなよ」と言ってくれた。私は、「ありがとう、アラーの神に祈っていてくれ」と答え、2日分の謝礼700ドルを手渡し、川の方へ向かった。

リタニ川に架かる橋は、爆撃で崩れ落ちていた。私達は、破壊された橋の残骸の上を通り、向こう岸に渡る。ここからは車での移動は危険だ。上空から、「ブーン……」というかすかなプロペラ音がする。イスラエル軍の無人偵察機だ。連中はこちらを常に監視している。それなら、こちらがジャーナリスト然とした姿をさらして移動した方が攻撃されない……かもしれない。というわけで、一同、炎天下の中、スール目指して歩くことにする。

「あなたはどこから来たの?」。一緒に歩く中年女性のジャーナリストが、私に声をかけてきた。AFPの記者で、レバノン人とフランス人とのハーフだとのこと。ベアトリスと名乗る彼女は、何度もレバノンに来ており、スールにも知り合いが何人かいるということ。これはいい。スールでの通訳やドライバーを紹介してくれるかもしれない。ダメ元で相談すると、彼女は「ＯＫ、スールに着いたら連絡してみる」と快諾してくれた。

食料も水も電気もない

途中、休憩もいれて3時間ほど歩いて、スールに着いた様子。やはり、あちこちの建物が壊されている。各メディア担当者が拠点としている浜辺のホテルに荷物を置くと、例のＡＦＰの記者に紹介してもらった通訳に連絡する。パレスチナ人の通訳は、「ジョゼフ」と名乗った。長身でジダンに似た彼は、礼儀正しく真面目そうで、英語も上手かった。よし、取材開始だ。

スールの大通りは、まるでゴーストタウンのようだった。車も人影もなく、多くの店がシャッターを下ろしている。こんなときでも、小さな食料店が開いていたが、置いてあるナスやトマトはカラカラに干からびていて、食べられたものじゃない。近くの避難所から女性が2人、パンを買いにきたが、パンはもうなかった。店主の老婆は、「車で動けないからねぇ……。こんな状況があと数日も続けば、私達はオシマイだよ」とぼやく。スールはまだいいが、もっと南の村々では、逃げ遅れた人々が深刻な食糧難に陥っていて、草や木の根すら食べて飢えをしのいでいるそうだ。

確かに、「路上に何かいれば、それがニワトリでも空爆する」とイスラエル軍が宣言している以上、人々が出歩くのは難しい。街の中心部の通りには、小型ミサイルで狙い撃ちされたスクーターが転がっていた。現場の前にある雑貨屋の主人によると、若者2人が相乗りしていたが、特に武装した様子はなかったという。スクーターですら攻撃されるのか……。イスラエル軍の容赦の無さに身震いする。せっかくスールに着いたはいいが、これでは動きがとれないよなぁ……。偵察機の音がする。そういえば、上空からは相変わらず「ブーン……」という無人偵察機の音がする。

ホテルに戻ると、同僚と合流して戦況を確認したベアトリスが、「ここ数日は動き回らない方が身のためよ」という。スールを拠点にさらに南の国境近くまで行こうかと思ったが、とても無理な様子。スール市内ですら、あちこち空爆されている。恐ろしかったのは、浜辺のホテルから歩いて5分ほどの住宅街で、空爆された家々を撮っていたのだが、そのわずか1~2時間後に同じ場所がミサイル攻撃されたことだった。私は、ホテルに戻っていたので、あとで気がついたのだったが、もしあのとき、もう少し遅くまで現場にいたら……と思うとゾッとする。ベアトリスの言う通り、外出は避けた方が懸命なのかもしれない。

とはいえ、まったく取材できないのも悔しいので、とりあえず、街の中心部にあるパレスチナ難民地区に行くことにした。第1次中東戦争以来、多くのパレスチナ難民が周辺国に逃れ、レバノンにも約35万人のパレスチナ難民が住んでいるという。スールの中心部にも、パレス

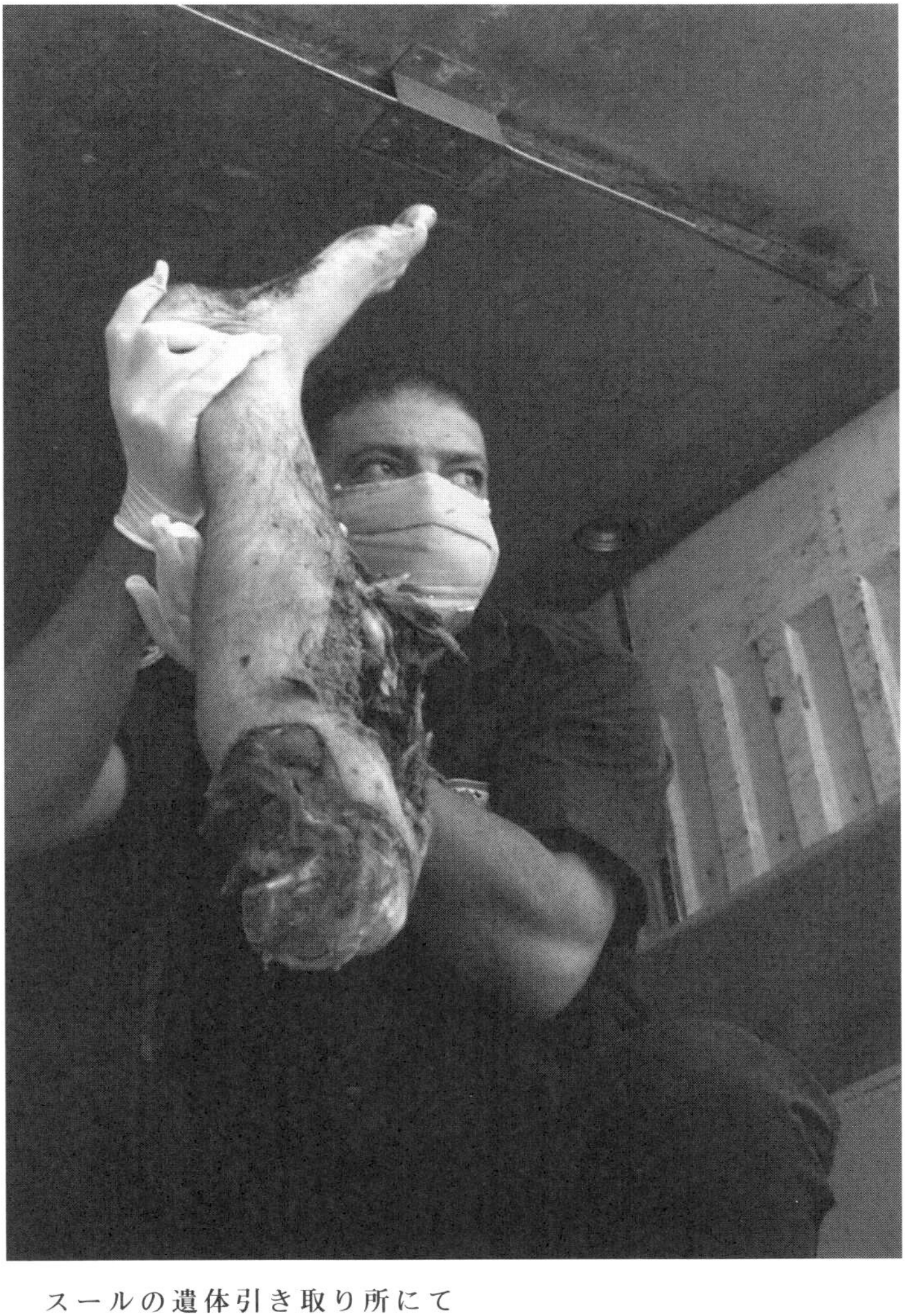

スールの遺体引き取り所にて

チナ難民のコミュニティーがあるが、ここは他のところに比べれば、比較的安全だろう。というのも、ヒズボラはシーア派レバノン人の政党／武装組織であり、特に激しい空爆が行われているのは、シーア派住民の多く住む地域なのだ。

スール公立病院に行ってみると、意外なことにあまりケガ人はいなかった。胸から腹にかけて火傷を負った5歳の女の子が、両親に付き添われて来ていたものの、入院している患者はいないのだという。ここは、医薬品も設備も充分でないので、重傷の患者は空爆される危険を冒してでも、ベイルートへ搬送するからだそうだ。だが、病室には腹痛を訴える子ども達が横たわっていた。イスラエル軍が浄水施設や水道も破壊したために、水は断水するか、出ても飲用には適さない。子ども達は、不衛生な水を飲んで病気になってしまったのだ。避難民で入院中のハッサンくん（2歳）の母エスマさんは、「病院で治療を受けても、避難所に戻ったとたん、また体調を崩してしまうのです」と嘆く。

送電線や発電所も攻撃を受けたため、電力の供給不足も深刻だ。大きな病院は自前の発電機を持っているが、パレスチナ難民地区にあるような、小さな診療所は医療機器が使えず、「開店休業」状態だ。例え、発電機があっても、燃料の確保も容易ではない。各地でガソリンスタンドが破壊されており、燃料の価格も3倍までに高騰している。ありとあらゆる形で、イスラエル軍はレバノン市民の生活を困窮させていたのだった。

再びベイルートへ

スールに来たものの、身動きの取れなかった私は、一旦ベイルートに戻ることにした。数日で停戦になるとは聞いていたが、その間取材ができないのはシャクだ。欧米の記者達も、外出は控えていた様子だが、どうしても車で移動しないといけない場合は、自国の大使館に電話して、自分達の乗る車のナンバーや、色などを伝え、大使館はそれをイスラエル軍に連絡して、空爆しないよう要請するとのこと。だが、われわれ日本人のジャーナリストはそれができない。在レバノン日本大使館によれば、「『退避勧告』が出ている地域での活動には協力できない」からだそうだ。

やれやれ、いわゆる「自己責任」ってやつだね。もちろん、仮に私が戦場で死んだ場合、最終的な責任は私自身にあるとしても、「邦人保護」という外務省の職務から考えれば、イスラエル軍に連絡するくらいはしてくれてもいいのでは？ 在レバノン日本大使館に聞いてみると、「退避勧告」が出ている地域から退避する場合にのみ、協力してくれるとのこと。というわけで、リタニ川までは大使館に電話をかけつつ、タクシーで向かい、リタニ川で車を乗り換えてベイルートに戻った。

ベイルートも私がいない間に、新たに空爆を受けていたようだ。私は、タクシーに乗り込み市内を見て回ることにした。と、突然、「バリバリバリ」という雷鳴のような音がしたかと思うと、「ドドーン」と爆発音がした。空爆か？

タクシーの運転手が、「空爆だよ！　あれを見ろ！」と悲鳴をあげる。音のした方を見ると、巨大な爆煙が立ちのぼってきた。まるで、きのこ雲のようだ。あれはかなり被害が大きいだろう。運転手に、「あっちに行ってくれ！」と頼むが、「イヤだ、今行くのは危険すぎる！」と拒否される。しかたなく、一旦車を乗り換えて、現場へと向かう。

空爆されたのは、ベイルート南部のダヒヤ地区だった。今回の戦争で、南部の国境付近に次いで猛爆撃を受けているところだ。タクシーから降りて、現場へ向かおうとするが、ヒズボラのメンバーと思しき青年達に道を阻まれる。特に軍服などを着ているわけではないが、この地域を仕切っているのはヒズボラだ。青年達は口々に、「写真はノーだ、帰れ」「危険だから近づくな」と言うが、中には話が通じそうな者もいた。聞いてみると、「反対側の通りで取材陣が集まっているよ」と教えてくれる。私は、「シュクラン（有難う）」と言い残し、現場へ走る。

救急車や消防車が集まる先を見ると、思わず息を呑んだ。まるで、9・11事件のグランド・ゼロのような、凄まじい光景だった。9階建ての高層住宅が8棟、すべて倒壊し、瓦礫の山を立ち込める煙が覆う（186～187頁写真参照）。周囲の建物の中では、まだ火が燃えていて、隣接する孤児院も損壊していた。瓦礫の中から、救急チームが犠牲者を掘り出し運んでいたが、これでは生存者はいないだろう。ふと足元を見ると、小さなサッカーボールが落ちている。停戦発効まで24時間を切り、人々は避難先から帰ってき始めていたのだ。犠牲者の中には子ども達もいるのだろう。怒りがこみ上げて来たが、私は黙々と写真を撮る。

と、突然、「バリバリバリ、ズズーン」と、爆撃音があたりに響きわたる。「あぶない、また空爆だ！ みんな逃げろ！」。現場を仕切っていたヒズボラの青年達が、パニック気味に叫ぶ。報道陣たちも、救急チームも皆、走って現場から逃げだした。音の感じから、すぐ近くではなく、何ブロックか離れているような気がするものの、同じ場所が時間差で攻撃されることはよくあること。1回目の空爆で、負傷者を助けようと集まってきた人々をさらに攻撃するために、もう1度空爆するというわけだ。だから、ここもいつ空爆されるかわからない。確かに長居は無用、そろそろ引き上げた方が利口だろう。私は、ヒズボラの青年の車に乗せてもらい、その場を去った。

125
210

破壊されつくした南部の街

8月14日。国連安保理決議による停戦が発効した。果たして、本当に戦争が終結するか。まだ不安はあったものの、とりあえず空爆は収まっている。私は、今まで行けなかった南部国境付近へ行ってみることにした。目指すは、ビント・ジュベイル。国境を隔てたイスラエルとの距離5キロ以内のこの街は、イスラエル軍に包囲され、同軍兵士とヒズボラの戦士達の間で激しい戦闘が繰り広げられたところだ。

スールからビント・ジュベイルへと向かう途中、ティブニーンという街を通りかかるが、何やら、通りのあちこちに立ち入り禁止のテープが張られている。車を止めて降りてみると、テープで囲まれた中に、小さな手榴弾のようなものが転がっていた。これは……クラスター爆弾の子爆弾だ！　思わず、後退りする。子爆弾が転がっている現場は、バスから客が乗り降りしていて、すぐ近くに病院もある。その裏手の道路には、黒こげになった車が数台置いてあった。国連地雷対策調整センターによれば、イスラエル軍はレバノン南部に100万発ものクラスター爆弾の子爆弾をばら撒き、そのうち50万発がこうして不発弾として残っているのだという。不発弾とは言え、触れれば爆発する。人通りの多い道路や病院の前に子爆弾が転がっているのは、ゾッとする光景だ。

ティブニーンからさらに山道を抜け、ようやく着いたビント・ジュベイルは、文字通り廃墟と化していた。目につく建物で無傷なものはほとんどなく、どの家々やビルも銃弾の穴があり、あるいは壁や屋根が崩れ落ちていて、戦闘の激しさをうかがわせる。街中には、いくつも黒焦げになった車の残骸が転がっていたが、その中には救急車や消防車もあった。まさに無差別攻撃だ。モスクも破壊され、そのすぐ隣はクレーター状に地面がえぐられていた。

破壊し尽くされた街中には、広河隆一さんや綿井健陽さんを見かけるなど、私の他にも報道関係者が何人か来ていたが、住民の姿は少ない。約3万人とされる住民の多くは、事前に避難したのであろう。だが、逃げ遅れた住民もいたようだった。スールで知り合い、一緒にビント・ジュベイルまで来たカメラマンの桐生一章さん曰く、家の中で餓死したと思われる老婆の遺体を、赤十字の遺体回収チームが発見したのだという。私は、別のところをうろついていて、見損ねたのだが、おそらく激しい戦闘で、家の外に出ることができないまま食料が尽きたのだろう。

破壊された家々の写真を撮っていると、カタールから来たという遺体回収チームが担架やスコップを持ってやってきた。聞くと、崩れ落ちた家の下にその住民だった一家の遺体が埋まっているので、掘り出しにいくという。私を含め、報道陣はゾロゾロと後をついていき、遺体回収チームが黙々と掘り返す周りを陣取り、シャッターチャンスをうかがっていた。こういうときは、何とも言えない居心地の悪さを感じる。

私としては、戦争の悲惨さを伝えるために、写真を撮るつもりなのだが、どこか自分達が死体に群がるハゲワシであるかような気がするのだ。メディア関係者というものは、他人の不幸でメシを食うような部分もあると、常に自覚しておくべきなのかも知れない。ただ、それのみに囚われ、冷笑的にビジネスとしてのみ、カメラを構えるのも、やはり下衆だ。だから、例え「偽善」と罵られようとも、そこには「ジャーナリズムの大義」が必要なのだろう。

その大義とは、戦争に抗い、理不尽な暴力を許さないという姿勢に他ならない。……結局、亡くなった家族の遺族らしい男性が、「撮るな!」と怒り、石まで投げつけてきたので、そこに居たカメラマンたちは皆、「シャッターチャンス」を逃した。「イスラエル軍が何をしてきたのか」という証拠を撮る必要はあったと思う。だが、遺族の感情もあるので仕方なく、私もその場を後にした。

高まるヒズボラ支持

今回、イスラエル軍がレバノン市民に多大な被害を与えた理由の一つとして考えられるのは、人々がヒズボラを厄介者として支持しなくなることではないだろうか。だが、皮肉にもヒズボ

ラは、より強固な支持を得てしまったようだ。停戦後のレバノンでは、黄色地に緑のロゴマークの入ったヒズボラの旗が、あちこちではためいた。レバノンのみならず、シリアやヨルダンなど近隣の中東諸国でも、ヒズボラ指導者ハッサン・ナスララ書記長のポスターが街中に張られていたのである。

ヒズボラ人気が広がった理由は、やはりイスラエル軍に対する反発からだ。また、同軍に対し、ヒズボラが頑強に抵抗したことも評価されている。ナスララ書記長の故郷・バジリア村で夫とともに農業を営むアミーナさん（48歳）は、「私達をイスラエルから守ってくれるのはヒズボラだけ」と語る。完全な国家間戦争となるのを防ぐためか、レバノン軍はイスラエル軍に対しほとんど手出しせず、やったことと言えば、撤退するイスラエル軍の兵士達にお茶を振舞ったことくらいだ。そのため、「レバノン軍は国を守らなかった」と非難する声は少なくない。

同様に、レバノン南部に駐留するＵＮＩＦＩＬ（国連レバノン暫定駐留軍）も、「役立たず」との評価が圧倒的だ。ＵＮＩＦＩＬ本部のあるナクーラ市の住民のフセインさん（60歳）は、「私達は基地の中に逃げ込もうとしたのに、連中は爆撃の中、私達を締め出したのです」と憤る。

ヒズボラが福祉や社会サービスを行っていることも、支持を集めている大きな理由だ。イスラエルとの国境に近いアイタシャーブ村では、激戦で村中の住宅が損壊していた。だが、住民の表情は暗くない。ハッサンさん一家は、自宅が全壊したというのに、その瓦礫の前でにこや

かにお茶を飲んでいた。彼らは、「家が壊されたのは悲しいけど、きっとヒズボラが新しい家を建て直してくれるさ」と笑い、「あんたも座って、一杯飲みなさい」とお茶を勧める。

ヒズボラは、国連などに先がけて住居を破壊された人々への支援を表明した。もともと、医療や教育などに力を入れていたが、今回の戦争では避難民たちへの支援も行っている。むしろ、イスラエルがレバノンへ激しい攻撃を加えれば加えるほど、人々はヒズボラの支援に頼り、ヒズボラへの支持が広がるのだ。

レバノン正規軍より強力な軍事力を持つとされることから、日本のメディアでは「民兵組織」と紹介されることが多いヒズボラだが、実は16人の国会議員と、2人の閣僚を擁す政治組織なのである。「イランやシリアの傀儡のテロ組織」というのは、あくまで米国やイスラエル側からの見方であって、レバノン人、とりわけ南部の住民の見方は180度違うのである。

イスラエル側に対するヒズボラの要求も、諜報活動のため拉致された12～14人のレバノン市民の解放、領空・領海の侵犯やそれに伴う空爆の禁止など、筋の通ったもの。私としては、ヒズボラに肩入れするつもりも理由もないのだが、ヒズボラに関する日本の報道の仕方を見ていると、やはり米国やイスラエル側に近い気がする。ベイルートでは、「イスラエルこそテロリスト」というポスターがあちこちに張られていたが、現地での無差別攻撃を見聞きした私は、欧米や日本のメディアの論調よりも、このポスターの方に納得してしまうのだ。

仁義なき戦争

「1度、戦争になったら一般市民に犠牲が出るのも仕方がない。それが戦争というものだ」などと知った風なことをいうヒトビトがよくいる。だが、戦争をするにも「仁義」というものがあり、ジュネーブ条約などの国際人道法や、ハーグ陸戦条約などの戦時国際法で「やってはいけないこと」が定められている。例えば、〃一般市民を戦闘員と区別し、攻撃の対象としないこと〃〃医療関係者の活動を妨害しない〃〃不必要な苦痛を与える兵器は使用しない〃〃電気や水などの社会的基盤、ライフラインを破壊してはならない〃などなど。こうした視点から見て、今回のイスラエル軍のレバノンへの攻撃は、明らかに「仁義」に反するものだった。

国際社会の非難に対してイスラエル政府は、「ヒズボラが民間人を盾にしていることが問題」と反論したが、実際には、単なる「巻きぞえ」ではなく、意図的に一般市民を虐殺したという証言もある。

ビント・ジュベイルに住む主婦のザイナブさん(47歳)は、「攻撃開始からすぐに辺り一体、無差別に爆撃されたので、大勢の住民が他の街へと逃げ始めたのですが、彼らをイスラエル軍は空爆したのです。避難の道中では殺された人々の遺体をたくさん見ましたが、本当に恐ろし

かった」と語る。

すでに紹介したように、欧米メディアの記者達は、移動時に空爆されないよう、自国の大使館を通じて事前に「車のナンバー」「車体の色」などを、イスラエル軍に通告していた。つまり、イスラエル軍は、上空から車のナンバーまで確認できるのにも関わらず、着の身のまま歩いて避難する人々を攻撃したのだ。クラスター爆弾のような非人道的兵器も多用し、特に南部では停戦後もバラ撒かれた子爆弾によって、毎日のように犠牲者が出ていた。

住宅地やインフラの破壊も凄まじい。破壊された住宅、学校や道路などの公共施設の損害額は推定35億ドル（約4000億円）にも上る。これはレバノンのGDP＝218億ドル（約2兆5000億円、04年世界銀行推定）の6分の1だ。人々の生活に欠かせない水や電気も配給を断たれ、ユニセフによれば約70万人が住居を失った。

レバノンの復興支援に関しては、中東各国や米国、EU諸国、そして日本などが合計1100億円の支援を表明しているが、これらの被害はイスラエル軍の無差別攻撃の結果であり、本来ならばイスラエルに支払わせるべきものだ（同様に、ヒズボラもイスラエル市民の被害に関しては補償すべきであろう）。

これまでの事例では、「戦後賠償」というものは、敗戦国が戦勝国に支払うというケースがほとんどだったが、特に国際人道法違反の戦争犯罪に関しては、加害側が支払うようにしてもよいのでは、と思う。米国のイラク攻撃にしても、イスラエルによるレバノン攻撃にしても、

攻撃する側が被害を受ける側に対し賠償しないか、「復興支援」という形で国際社会に肩代わりさせている。だが、被害に対して攻撃した側が相応の賠償を要求される、という形になれば、未然に紛争を予防できないか、と思うのだ。

さらに言えば、イスラエルが暴走する大きな要因として、米国の支援がある。今回、イスラエル軍が使った兵器の多くは、米国による支援だった。米シンクタンク「外交政策フォーカス」の報告書『誰がイスラエルを武装させたのか』によれば、ブッシュ政権下の01～05年に行われた対軍事支援は、イスラエルの軍事予算の２割にあたる約１８６億ドル、つまり２兆円。しかも、F16戦闘機やM60戦車など、米国が誇る強力な兵器をイスラエルに売りつけている。その売上高は、01～03年の６～８億ドル（約７００～９００億円）から、04年には13億ドル（約１５００億円）、05年には27億ドル（約３１００億円）にまで、うなぎのぼりなのだ。米国は、「テロ支援国家」への武器・資金の提供を停止するよう訴えているが、自分達こそイスラエルへの支援を止めるべきだろう。それを止めないならば、イスラエル軍のやらかす破壊行為について、米国も責任を問われるべきである。

私の主張に対しては、「非現実的だ」と思う人々も少なくないかもしれない。しかしながら、例えば経済のグローバル化の中で、ＷＴＯ（世界貿易機関）は、その加盟国の「貿易の自由化を阻害する」と見なした行為に対して、制裁を科している。よく「ＷＴＯは、米国を中心とした欧米諸国の利益のためのみに存在する」という批判もあるし、事実、そう言われるに相応の実態もあるのだが、実は米国すらも鉄鋼のダンピングやセーフガードに関してWTOから、「違反」だとレッドカードを出された事例もある。

国家間紛争や国際人道法違反に関しては、国際司法裁判所および国際刑事裁判所がすでに設立されているが、これらの機関にWTO並みに強力な権限を与え、制裁措置も取られるべきだろう。国際刑事裁判所設立条約に関しては、米国もイスラエルも批准していないが、本来、同条約の批准が国連安全保障理事会への参加条件であるくらいでなくてはいけないだろう。近現代の戦争は、多くの場合、大国の思惑や介入によって起きているのだから。

いずれにしても、戦争だから何でもやっていい、というのではなく、実際には「やってはいけないこと」というものが、戦争という極限状態においても、確かに存在する。日本を始め、国際社会はただ戦争の被害に対し「復興支援」という形でカネを出すだけでなく、ダメなものはダメだと、きちんと批判し、それなりのケジメを取らせることが必要だろう。国際社会が、暴力ではなく法によって維持されることは、これまでの歴史の中で夥しい量の血を流し、死体の山を築いた末に人類がようやく得た叡智であり、未来への希望と責任でもあるのだ。

第8章　インド洋大津波の地・アチェ

バンダアチェ入り

２００４年12月26日、インドネシア・スマトラ島沖で起きたマグニチュード９・０の大地震により発生したインド洋大津波。23万人以上の死者・行方不明者を出した、この大地震・大津波はまさに未曾有の大災害だった。中でも、震源に近いインドネシア・アチェ州はおよそ17万人が犠牲になり、70万人が家を失うなど、最大の被災地となった。アチェ州は、また資源豊富なこの土地を軍による暴力と恐怖によって支配してきたインドネシア中央政府と、アチェ独立を掲げる「アチェ自由運動（ＧＡＭ）」との、30年にわたる紛争の舞台でもあった。津波と紛争という二重苦に苦しむアチェの人々。次第に被害の凄まじさが明らかになっていく中で、「現地に行かなくては」と思うようになった。そして、２００５年２月と同12月、私はアチェを訪れた。

「ここまで来たはいいが、どうやってアチェ入りするか……」。スマトラ島の中心メダンの空港に降り立った私は、少々不安だった。アチェでの紛争や津波の被害者への支援を行っている「インドネシア民主化支援ネットワーク」の佐伯奈津子さんに、出発前にいろいろと助言をもらったのだが、「ブルーノートがないとトラブルに巻き込まれるかも」と彼女は言っていたのだ。

ブルーノートとは、アチェ州に立ち入りする外国人が持つべき身分証のようなものらしい。この間、アチェ州は軍事戒厳令が敷かれており、外国人が出入りすることをインドネシア政府は嫌っていたのだ。ブルーノートは、簡単に手に入るものではないらしいが、困ったことに、これがないとアチェ州の州都バンダアチェの空港に飛ぶ飛行機のチケットが買えないのだ。陸路でも行けないことはないが、途中で警察や軍に合ってしまった場合に厄介なことになるかも知れない。

結局、私はメダン空港にいたダフ屋（？）からチケットを買い、バンダ・アチェに行くことにした。飛行機に乗る際に、「ブルーノートを見せろ」と言われたらどうしようか、と内心ハラハラしたが、特に問題もなくバンダアチェ空港に着いたのである。

津波の傷跡

空港では、佐伯さんの友人であるアチェ人の青年Ｓさんが出迎えてくれた。彼の紹介で民家の一部屋を借り、宿とする。バンダアチェでは、多くのホテルが営業停止に追い込まれていたためだ。荷物を部屋に置き、Sさんの案内で、バンダアチェ市内を見て回る。

バンダアチェは、スマトラ島の北端にあり、人口は26万人ほど。高いビルはあまり無いが、州都として活気溢れる街だったという。だが、津波発生から既に2カ月近くたっていたにも関わらず、街中にはまだ瓦礫が散乱し、中心部にある高級ホテルの前の道路に大きな釣り船が乗り上げていた。何ともシュールな光景だが、津波でここまで流されてきたのだろう。街の中心部を流れる川の両岸にも、瓦礫の山の上に、いくつもの船がうち上げられている。

海岸の方に向かっていくと、状況はさらに酷かった。おそらく、原爆投下直後の広島や長崎は、こんな様子だったのだろうか。見渡す限り何も無い。海岸から3～4キロ範囲が「真っ平ら」にされ、地表に残るのは瓦礫と泥、折れたヤシの木くらいだった。都司嘉宣東大地震研究所助教授ら現地調査団の発表によれば、津波の高さは最大34・9メートルもあったそうだが、改めてその威力の凄まじさを見せ付けられ、私は思わず身震いした。

明くる日、多忙なSさんは、通訳とドライバーを紹介してくれた。彼らとともに、市内にあるティフィアリ津波被災者キャンプに向かう。これは地元テレビ局の敷地にテントやバラックが建てられたもので、帰る家を失った約4000人の被災者達が避難生活を送っているという。

私は、立ち並ぶバラックの一つにお邪魔した。このバラックで共同生活しているのは、男性ばかり14人。彼らは全員、妻や子どもを失っていた。

「独りで暮らしていると、辛くて死にたくなるからね」。このバラックの住人の1人、ジャマワさん（40歳）はそう苦笑する。

「死んだ家族の思い出を毎晩、『妻の料理は美味かった』『息子は勉強が得意だった』なんて、互いに話して、慰めあっている。そして、皆で死んだ家族の冥福を祈るんだ」

　ジャマワさんが住んでいたアソーナングロー村は、バンダアチェ中心部から10キロほど離れたところにある漁村だが、海岸の近くだったために、壊滅状態となった。それでも、ジャマワさんは、「たまに自分の村を見に行きたくなる」という。そこで私は、ジャマワさんとともに、アソーナングロー村を訪れることにした。

　他の海岸の村々と同様に、アソーナングロー村は、かつてそこが村だった面影は無く、更地のような土地が広がっていたが、ジャマルさんには、自分の家があったところがどこか、わかっているらしい。迷わず歩くジャマルさんの後をついていく。「ここはモスクだったんだ」。コンクリートの土台らしきものを指してジャマルさんは言う。そして、そのすぐ近くが、ジャマルさんの家の跡だった。そこにあったのは、1本の小さなバナナの木。コンクリートでできたモスクですら土台しか残っていなかったのに、その木だけは奇跡的に残っていた。「このバナナの木はね、私の曾祖母の墓に植えたものなのだよ」。ジャマワさんはそう語り、目に涙を浮かべる。

「私はどこにも行きたくない。例え、また津波が来ようとも、ここで暮らしていきたい。ここが私の故郷なのだから……」

ジャマワさんとバナナの木

アソーナングロー村やその周辺は、バンダアチェで集められた瓦礫やゴミ置き場とされている。インドネシア政府は、村を復興させるつもりはなく、ジャマルさん達は内陸の土地に移住させられる計画なのだそうだ。だが、長年、漁師として生きてきたジャマルさんが、今さら農家として暮らしていけるはずもない。そもそも、村は消えてしまったとは言え、ここはジャマルさん達一家が先祖代々から暮らしてきた土地なのだ。ジャマルさんの家の跡に残ったバナナの木は、未曾有の大災害に遭ってもなお消えることのない、ジャマルさんの故郷への思いの象徴のように、私の目には映った。

〃遺体に埋もれた〃村

アチェ州では、津波発生から2カ月が経っても、そこかしこで遺体が発見され、海岸近くでは袋に入れられた何十という遺体が無造作に積み上げられていた。中でも、バンダアチェから南に40キロほどにあるルプンは、まさに〃遺体に埋もれた〃村だった。海岸に接したこの村は、津波の直撃を受け、約1万人いた住民の9割が津波に飲み込まれたのだという。その遺体の大半は、まだ瓦礫の下に埋まっているのだ。

「今日は25体、見つかりました」

村で遺体回収を続けている1人、ユースマディさん（35歳）は淡々と話す。私が見ている間にも、次から次に遺体が発見された。不気味な灰褐色に変色した遺体の多くは、腐敗が激しく、もはや原型をとどめていないものも少なくない。骨がのぞくその亡骸は、激しい腐臭を発しており、何度も吐き気に襲われた。ほとんどが身元の確認すら不可能な状態で、その場で土葬される。小さな子どものものも、いくつも発見され、見ていて胸が痛んだ。

ルプン近くでは、インドネシア軍が道路・橋の修復や、瓦礫の撤去などの作業に従事しているが、遺体回収をしているのは、ユースマディさんらわずか12人だけ。生き残った住民のほ

ルプンでの遺体回収

とんどが、他の地域の避難民キャンプに移ったうえ、道路が破壊されたため、外部からのボランティアが来ることもできない。村の大半が瓦礫に埋もれたままで、その下から遺体を掘り出す作業は困難を極める。ユースマディさんらは、腐敗臭を頼りに遺体の場所を探り、掘り出しては埋葬するだけの日々をあてもなく続けているのだ。

「誰の遺体であろうと村の人間なら家族同然です。私たちはずっと助け合って暮らしてきましたから」

やはり、村に残ったリドゥアンさん（28歳）は気丈に笑う。津波以前のルプンは、美しい村だったという。住民の多くは、漁や農業で生計を立て、皆で一緒に働いていた。海岸にはココナッツの木が生い茂り、他の地域からも人々が訪れ、波打ち際で戯れていた。

「私の家族は、全員死んでしまいました。いまだに信じられません……。でも、亡くなった仲間たちを弔い、村を再建したい。この大災害に抗いたいのです」

ユースマディさんは静かに、だが、揺ぎない様子で、そう語った。

ロスマウェへ

バンダアチェ周辺での取材が一区切りついたので、私はアチェ州北東部にあるロスマウェに行くことにした。ロスマウェ周辺は、インドネシア屈指の天然ガスの採掘地で、同市のアルン天然ガス精製工場で精製されたLNG（液化天然ガス）は、インドネシアから日本へ輸出されるLNGのうち、約2割がロスマウェからのもの。その他、エビなども日本向けに輸出しているなど、ロスマウェ周辺は日本とも関係の深い地域なのだ。

だが、豊富な天然ガスという資源は、ロスマウェ周辺の人々にとっては災いでもあった。インドネシア政府が軍を送り、力づくで独立運動を叩き潰そうとした大きな理由の一つが、このLNGだった。そのためか、ロスマウェを含む北アチェ県は、アチェ州の中でも、最もインドネシア軍とGAMとの衝突が激しく、住民への軍による人権弾圧も深刻だという。だから、ロスマウェの住民にとっては、まさに軍による暴力と津波のダブルパンチだったのである。ロスマウェでの取材は、インドネシア軍や当局に目をつけられる可能性があるなど、少々リスキーなのだが、やはり取材地として外せない。

バンダアチェで世話になった通訳に代わり、現地に親戚がいるという通訳と組み、彼の車でロスマウェまで向かう。心配していた軍の検問もなく、意外なほどスムーズにロスマウェ入りを果たせた。アチェ入りする前、いろいろと協力してくれた、インドネシア民主化ネットワークの佐伯奈津子さんも支援活動のため、ロスマウェに来たらしい。私も彼女と合流して、津波被災者のキャンプを訪れた。

津波発生地点からは少し離れているため、バンダアチェほどではないにしても、ロスマウェを中心とする北アチェ県でも、やはり津波の被害は大きく、約2700人が死亡、2万人を超す被災者がテントなどでの避難生活を余儀なくされているのだという。だが、インドネシア軍は、この地域の住民がGAMのメンバーやその支持層だとして、援助を受けられない被災地やキャンプが多数あるようだ。国際機関や外国からのNGOの援助も、「第2の津波」と言われるほどの大量の物資がバンダアチェに集中する一方で、ロスマウェにはほとんど来ない。だから、佐伯さんがこの地域の被災者を支援することの意義は大きいのだ。

佐伯さんは、クッキーや子ども用ミルク、生理用ナプキンなどの援助物資を持って、被災者キャンプや、周辺の村々を訪ねた。私達が最初に訪れたのは、チュ・ムティア病院。敷地内にできたキャンプに、付近三つの村から来た被災者が避難生活をしている。インドネシア語を流暢に話す佐伯さんは、被災者達のニーズをこと細かく聞いていく。必要なのは、飲料水や蚊帳、米、食料油など。いずれの村も漁村で、船が津波で流されてしまったり、壊されたりしたので、村に帰っても生活手段がないのだという。下痢や嘔吐など、感染症やマラリアと思われる症状を訴える人々も少なくないらしい。

被災者の話を熱心に聞いた佐伯さんは、その後、地元のＮＧＯ「ジャリ・アチェ」と協力して、船がなくとも漁ができるように、投網やエビを取る仕掛け網を村々に配ることを始めた。これは安価で誰でも使える上、役人や軍の兵士達が欲しがるものではないので、横領されることもない。さらに、海水から塩を作るための道具を支援したり、破壊された小学校を修復したりもした。津波発生から最初に現地入りするまでに、佐伯さんらインドネシア民主化支援ネットワークが集めた義捐金は、６００万円弱と政府や国際機関、大手ＮＧＯの資金力に比べれば、微々たるものだが、ただただ物資と金をばら撒く援助よりも、的確に被災者のニーズに答え、着実に成果をあげているのは間違いないだろう。

被災者達への暴力、援助物資の横領

翌日、私達は北アチェ州沿岸部のタナパシール郡にある、被災者キャンプを訪れた。ここでは、10日ほど前に被災者6人が逮捕されたという。地元NGOのスタッフは、「1月25日未明、インドネシア軍の兵士達がキャンプに来て、被災した若者を連れ去った。若者達がGAMのメンバーではないかと疑っていたのです」と明かす。
「彼らは5日間、拘束され、殴る蹴るの酷い暴行を受けました。結局、疑いを裏付ける証拠は何も見つからず、若者達は解放されたのですが、『このことは誰にも話すな』と兵士達に脅されたのだそうです」

このNGOスタッフによれば、やはり沿岸部にあるスノドン郡の被災者キャンプでも、このキャンプを管轄し、被災者達の支援を任されている軍人が、被災者達の目の前で彼らの指導者である元村長を暴行したのだという。軍人は、被災者達に援助物資を配っていたが、日が暮れても配給が終わらず、被災者達が焦り始めたので、元村長が「ちゃんと全員に行き渡るから、焦らずに待ちなさい」と呼びかけたところ、突然、軍人は元村長に張り手をくらわした上、蹴りつけたのだ。さらに、この軍人は赤十字によって配られた毛布のうち、その半分を着服してしまった。

軍による被災者への暴力や、援助物資の横領は、よくあることらしいが、報復を恐れて、人々はなかなか何が起きているかを話そうとしない。私と一緒に来た通訳も、「津波被害の取材だけならともかく、軍による暴力や横領の取材は大変危険です。万が一、軍に捕まったら、生きて帰れるかどうかわからない……」と怯えていた。

あるアチェ人の女性は、私に「津波被害の取材で、世界中からジャーナリスト達がやってきているのに、状況は何も変わらない」と漏らした。彼女の夫は、1990年に軍に拘束されたまま、行方不明となったままだ。

津波発生後、佐伯さんは被災者達が「津波は神様の思し召し」と言っているのに、衝撃を受けたという。「津波で家族を失った人々は、互いに慰めあっているのです。『亡くなった人々は、もう軍による暴力に苦しむことはない。神様はアチェの人々が苦しんでいるのを見て、こちらにおいで、と津波を起こしたのだろう』と」。

未曾有の大災害ですら、「救い」と受け取らざるを得ない状況とは、一体何なのだろうか。正直言って、今回の取材だけでは私にはとても理解できなかった。しばらくしたら、また取材に来よう。私はそう決めて、帰国の途についた。

再びアチェへ

あの未曾有の大災害から1年が経とうとしていた2005年12月。私は再びアチェを訪れた。

前回取材したところは、一体どうなっているのだろうか？　まず、12人の男達が遺体回収を続けていた、ルプンへと足を運ぶ。以前は瓦礫に埋もれていた海岸も片付けられ、約175家族が帰還している。もっとも、一家族の中で生き残ったのは1人か2人というから、村の人口はせいぜい300人程度だろう。その中には、モハマドさん（40歳）の姿もあった。前回この村を取材したとき、遺体回収をしていた男達の1人だ。

モハマドさんは、私のことを覚えていた。「今も遺体回収を続けているのですか？」と私が聞くと、モハマドさんは「今も犠牲者の骨が見つかるよ。ついてきなさい」と言う。さすがに以前ほどではないが、海岸から山の方に少し歩くと、家々や車などの残骸が散乱し、地震で地盤沈下したせいか、海水が流れ込みあちこちに池のように溜まっていた。この下に遺骨が埋まっているらしい。

「ほら、あった」とモハマドさんは、何かを拾い上げる。骨だ。おそらく背骨の一部。津波の犠牲者のものだろう。またしばらく歩くと、モハマドさんは池の中に小さな服を見つけた。津波に飲み込まれた、モハマドさんの9歳の娘さんの着ていた服だ。

「このあたりに遺骨が埋まっているのか……」

モハマドさんは呻く。池の底の遺骨回収は、極めて困難だ。かつては家や畑のあったところだが、今のところ元通りにする計画はない。そのことは、帰還した村民の生活にも暗い影を落とす。

かつては、農業や漁業が村の主な産業だった。だが、津波で農地は使い物にならなくなり、漁船もすべて破壊されてしまった。元漁師の若者ズールフィカルさんは、「ボートでもいいから、船があれば漁に出られるのに。できれば、政府やＮＧＯの支援ではなく、自分の力で生活していきたい」とこぼす。だが、船は安いものでも１３００万ルピア（約13万円）。津波被災者は、米や食用油など最低限の食料の他、１人当たり月９万６０００ルピア（約９６０円）の生活保護を受け取っているが、生活は苦しく、自費で船を買うことなど夢また夢だ。

住居の問題も深刻だ。新しい住居が建つ予定はなく、皆、テントか自分で作った粗末な小屋に住んでいる。「これが俺の城さ」。ズールフィカルさんは、自分のテントを指して皮肉った。被災から1年経つのに、まだテント暮らしだとは。確かにインド洋大津波は未曽有の大災害だったが、それにしても、復興が遅すぎるのではないか。

ジャマルさんの帰郷

そういえば、「また津波が来ても私はここに帰りたい」と言っていたジャマルさんは、どうしているのだろうか？　私は、ティフィアリキャンプでジャマルさんを探した。キャンプは以前に比べると、さすがにテントやバラックの数は減っていて、ジャマルさん達家族を失った男達が住んでいたバラックも、無くなっていた。土台だけが残り、その上にヤギの親子がちょこんと座っている。何か再会の手がかりはないだろうか。私は、アソーナングロー村に行ってみることにした。

驚いたことに、アソーナングロー村では、新しい家々が次々と建ち始めていた。話を聞いてみると、当初、インドネシア政府は破壊された村々を復興させずに、新たな土地に被災者を移住させるつもりだったのだが、被災者達やＮＧＯがこれに猛抗議を行った。その結果、復興計画は、移住ではなく、破壊された村や町を再建するという方向に修正され、瓦礫やゴミを捨てる場所にされていたアソーナングロー村も、復興されるようになったのだという。

ジャマルさんの家も、あのバナナの木の横に再建中で、本人も建設現場にやってきた。「あ、あの時の日本人の記者さんか！」。ジャマルさんは、私のことを覚えていた。以前のやつれ具合に比べると、ジャマルさんは少しお腹も出ていて元気そうで、表情も明るい。何でも、内陸の村の女性と再婚したらしく、今はその村で農業の手伝いをしながら、週に１〜２回、自分の家の再建具合を見に来るのだという。根っから海の男であるジャマルさんは、「農業もいいけど、またここで漁をしながら暮らせるといいなあ」と言う。

それにしても、同じように津波で壊滅したのに、ルプンとアソーナングローでは、随分状況が違う。ここは、「アップリンク」というインドネシアのＮＧＯが復興を担っていたのだが、どうやら、このＮＧＯは仕事ができるらしい。スタッフに話を聞いてみると、「アチェの復興が遅いのは、資金の問題ではなく、復興計画が非効率的なためだ」と言う。どこが復興を担うのかで、復興の進捗は大きく違う、というわけである。

アチェ州での津波被害に対する救援として、日本政府は約146億円もの無償資金協力を表明した。だが、現地ＮＧＯの指摘にあるように、問題は復興の資金が足りるかだけではなく、それがどう使われるのか、ということである。06年4月には、ジャリ・アチェのメンバーが来日したが、彼らも「モニタリングが甘かったため、住宅建設計画でも、実際には住宅がほとんど建っていなかったり、質の悪い木材とかが使われたりするなど、現地で汚職をはびこらせることになってしまった」と報告していた。ただ、資金を提供するだけでなく、その後、復興がちゃんと進んでいるのか、日本政府も現地に人を送って、ちゃんと確認するべきだろう。

津波がもたらした平和

前回、私がアチェに来たときとの最大の違い、それは和平だった。津波以前、アチェ州は州の独立分離を掲げるＧＡＭと、インドネシア軍とが争う紛争地として知られていた。インドネシア政府は、1970年代に「ＧＡＭ掃討」を名目に軍を派遣。軍による拷問や略奪、レイプが日常的に行われ、1万5000人以上の人々が殺されたといわれる。

だが、8月15日、遂に戦いが終わる。フィンランド首都ヘルシンキで行われた和平会議で、インドネシア政府とGAMが合意、軍の撤退を条件に、段階的にGAMの武装解除が行われることが決まったのだ。両者が合意に至った理由、それは「津波」だった。

「和平のみがアチェ復興を可能にすると、双方が認識した」。GAM高官のバフティアル・アブドゥラ氏は、私のインタビューの中でこう語った。「元々、軍もわれわれも、30年にもわたる長い戦いに疲れていたのです。どちらも、もはや武力でこの問題を終わらせるのは難しいと感じ始めていた。ただ、そう感じていても戦いを止めることができなかったのですが、そこに来たのが、あの大津波でした。津波でGAMのメンバーや家族、支持者達も大勢が被災しました。それで、戦いを続けるよりも、まず復興を進めよう、とインドネシア政府に対し和解を提案したのです」

被災後の国際社会の仲介も大きい。今回、取材に協力してくれた現地有力紙『テンポ』の記者Iさんも、「大津波で国際的な注目を浴び、多くの支援関係者が現地入りしたからこそ、インドネシア政府も和平に合意せざるをえなかったのでしょう」と言う。「もし、大津波が無かったら和平合意は、99%なかったと思います」。

欧州連合（EU）や東南アジア諸国連合（ASEAN）から派遣された停戦監視団「アチェ停戦監視団（AMM）」も活躍した。和平合意の1カ月後から、各地を巡回し始めたAMMは非武装の停戦監視団で、200人の監視員と軍側、GAM側の人間がともに停戦監視に加わった。GAMの元戦士で、20年間ゲリラ戦を続けてきたというカリームンガさんも、武器を手

訓練中のインドネシア兵達

放すことは怖くないかと私が聞くと、「監視団を信頼している」と応えた。

被害を語り始めた人々

前回の取材では、軍による報復を恐れ、口を閉ざしていた人々も、平和の訪れを実感するにつれ、自分達が受けた仕打ちについて証言し始めた。

ロスマウェから車で20分ほどの山村に住むモハメド・アリさん（37歳）も、口を開き始めた被害者の1人。モハメドさんは、2003年3月、畑仕事をしていたところ、インドネシア軍の兵士達に「お前はGAMのメンバーだろう」と問い糺された。モハメドさんは違うと否定したが、兵士達はナイフをモハメドさんの左足に突きたて、軍のキャンプに連行し激しい拷問を加えたのだという。「木や鉄の棒で何時間も殴られ、歯が何本を折れました」（モハメドさん）。

一晩明けて、モハメドさんは別のキャンプに送られ、そこでさらに10日間拷問された。11日目にして、ようやくモハメドさんは解放されたものの、傷の治療のため病院に行く途中、またもや兵士らに疑われ、拘束されてしまった。そのキャンプでも、激しい拷問が行われ、モハメドさんは、熱く焼けた鉄を体に押し付けられたりもした。このままでは殺されてしまうと思ったモハメドさんは、2日目の朝、まだ暗いうちに見張りのスキをついて脱獄した。

何とか逃げ出せたモハメドさんだったが、恐ろしくて村には帰れなかったと言う。「軍の追手から逃れるため、山のジャングルの中に身を隠しました。そこでGAMの戦士達と会い、彼らは私をかくまってくれたのです。それから、ずっと山の中を移動していたのですが、辛い日々でした。妻や子どもにも会えず、拷問で体が弱ったので病気にもなりました。でも、GAMの戦士達は、歩けない私を担架に乗せて運んでくれたのです」

結局、モハメドさんが村へ戻れたのは、2005年8月19日、和平合意の4日後だったそうだ。私がモハメドさんへインタビューしている間、10数人ほどの村人達が一緒に話を聞いていたが、程度の差はあれ、皆、軍に殴りつけられたり、拘束されて拷問を受けたりした経験があるという。その中の1人、イルワン・ビンジファルさんは、1年拘束された上に、ペンチの様な器具で睾丸を潰されたのだという。

日本とアチェの人権問題

ロスマウェ市近郊の別の村々でも、ナイフで体を少しずつ刻まれたり、さんざん殴られ失神した後で、口の中に人糞を詰め込まれていたり、という体験談を村人達から聞いた。ラティファさん（35歳）、アニサさん（25歳）という2人の女性は、インドネシア軍の兵士達にレイプされた経験を涙ながらに話してくれた。彼らは口々に、「アチェで何が起きてきたのか、日本の人々にも知ってもらいたい」と言う。

アチェでの人権問題は、日本に全く無関係ではない。ロスマウェのアルンＬＮＧ精製基地からは、東北電力や関西電力などの日本の電力会社がこぞってＬＮＧを買い付けた。そもそも、この精製基地自体が、日本のＯＤＡ（約３１８億の円借款）で建設されたもので、日本の電力会社や商社などが設立した「日本インドネシア・エル・エヌ・ジー（ＪＩＬＣＯ）」は、アルン基地を経営するアルン社の株の15％を保有している。インドネシア政府と日米のエネルギー産業が、ＬＮＧによって莫大な利益を得る一方、アチェ州の人々には恩恵はほとんどなく、アルン基地建設の際には、数百家族が立ち退かされ、操業後は漁場や農地の汚染、健康被害に周辺住民は苦しめられてきた。

それだけではない。アルンLNG精製基地の中には、「ランチュン・キャンプ」というアチェ版アブグレイブ刑務所というべき拷問センターがあったのだという。ロスマウェ近辺に住む者なら、その名を知らない者はなく、「ランチュン……その名を聞くだけでも恐ろしい。あそこに連れて行かれたら最後、生きて帰れる保障は何もない」と震えあがっていた。軍による暴力を証言してくれたモハメドさんが、「10日間、鉄や木の棒で殴られ続けた」のも、このランチュン・キャンプだった。

インドネシア軍は、「GAMから守ってやる」とアルン社から警備料を受け取り、同社の施設を拠点にしていたのだというが、これら人権問題と日本の関わりはアチェ人の誰もが知るところであり、インドネシア民主化支援ネットワーク、日本インドネシアNGOネットワークなどの日本のNGOも訴え続けてきたことだった。それにも関わらず、日本政府も企業もアチェの人々の苦しみへの配慮はほとんどなく、日本のマスメディアもアチェの人々が抑圧され殺されている原因が何であるかを、最後の最後まで報道しなかった。結局、大津波が起きるまで、アチェの人々が暴力から解放されることはなかったのだ。

取材を続ける中で、私はだんだん、アチェの人々に申し訳なくなってきた。アチェ州での津波被害に日本政府は、約146億円もの無償資金協力を提供する。そのこと自体は結構なことだ。だが、日本のエネルギー政策や企業活動のために、犠牲になってきた人々への救済は行われることはあるのだろうか？　そのことについて、日本の政治家や財界人が反省の弁を述べることがあるのだろうか？ いや、おそらくあるまい。私達日本の国民が、自国の政策や経済活動が、よその国でどんな問題を引き起こしているかに、無知・無関心でいる限りは。

アチェに明日はあるか

この本を書き終えようとした07年4月末、佐伯奈津子さんから、「アチェの人権活動家が来日するから、話を聞いてみませんか」とお誘いをいただいた。すでに津波発生から2年以上経ったが、現地の状況はどうなっているのか。私も気になっていたので、来日した人権活動家で、最近「アチェ人民党」の党首に抜擢された、アグスワンディさんのお話を伺うことにした。

アグスワンディさんは、若干28歳と若いが、これまで精力的に人権問題に取り組んできた活動家なのだという。津波後のアチェについて彼は、「津波後、和平が結ばれたが、この平和が永続的なものとなるにはいくつか課題があります」と話す。

まず、第1に大きな課題は、GAMの戦士だった若者達をアチェの社会がどう受け入れていくか、ということ。これは他の紛争地でも重要な課題だが、戦うことしか技術を持たない若者達が、紛争の終わりとともに忘れ去られ、社会から置いてきぼりとなると、武装強盗団のような治安を乱す存在になったり、せっかく訪れた平和を乱す勢力になったりする恐れがある。アチェにおいても、元戦士達に技術を教え、再就職させることは、確かに重要なことだろう。

次に、津波で大打撃をうけたアチェの再建だ。アグスワンディさんは、「現在は各国からの援助バブルで、持続可能ではない。援助が終わったらアチェの人々は生活できなくなってしまう」と懸念する。肝心の復興も相変わらずの非効率さで、さすがにもうテント暮らしの人はいないものの、粗末なバラックに住む被災者は多いのだという。一部の地域では、ローカルなNGOが活躍しているが、インドネシア政府も、アチェ州政府も、アチェ復興の明確なビジョンがないため、復興のしようがないとのことだ。

第3にグッドガバナンス、つまりよい政治が必要だという。現在のアチェ州議会には、保守的な議員が多く、人権や環境を守ることよりも、「婚前の異性交際に対して鞭打ち刑で罰する」など、厳格すぎるイスラム法を州法に取り入れることばかり熱心なのだという。現在の州議会は、和平以前の選挙で選ばれた議員達のみであり、2009年に和平後初の選挙が行われる。アグスワンディさんも、「この選挙で変われば」と期待する。

そして、最後に彼が挙げたのが「過去の人権侵害をどう裁くか」という最も困難な課題。アグスワンディさんは、数カ月前、息子3人を失った男性に会ったが「津波に飲み込まれた2人については天災なので諦めがつく。だが、目の前でインドネシア軍の兵士に拷問され、連れ去られた息子のことだけは、納得できない」と話していたのだという。和平合意では、「真実和解委員会を設立する」と定められた。だが、インドネシア政府は、同国全体で起きた人権侵害についての法廷で、アチェでの人権侵害も扱うとしており、しかも肝心のその法廷が頓挫しているのだという。だから、「アチェの人権侵害については、個別の法廷を設置するべき」とアグスワンディさんは主張する。

話を聞きながら、復興も和平も道のりは平坦ではないなぁ、と思う。だが、津波による17万人もの犠牲、そして、１万５０００人以上の紛争の犠牲を無駄にしてはならないだろう。日本を含む国際社会には、今後もアチェ州の復興と和平を見守る必要があるのではないか。アグスワンディさんの来日で、私は改めてそう感じた。

第9章　難民鎖国ニッポン

ビルマから来た美しい人

人々が迫害に怯えるのは、紛争地だけではない。戦争放棄をうたった平和憲法を持つ日本ですらも、戦乱が続く故郷、軍政による弾圧から逃れて来た人々にとっては安住の地ではないのだ。そのことを思い知らされた私は、平和とは何か、戦争とは何かを考え出す。私がフリーのジャーナリストとしての道を歩みだす過程で、大きな影響を与えたのは、ある難民との出会いだった。

あれは、私が大学生だった頃。知人から勧められたとある勉強会で、私は軍事政権下のビルマ（ミャンマー）から逃げてきた難民に出会った。ぱっちりと大きな目をした彼女は、ビルマ舞踊の踊り手で、その華麗な舞に私はすっかり魅せられてしまった。私は、その後もしばしば彼女と会った。話したことといえば、たわいもないことばかり。彼女は、まだ幼い頃に来日したため日本語が上手く、いつも冗談ばかり言い、よく笑った。

だが、ある日、彼女が「不法滞在者」として入管（入国管理局）から出頭を命じられた。私は焦った。なぜなら、最悪、圧制と拷問が待つ祖国に送還されてしまうかもしれないからだ。

国際的な人権団体アムネスティ・インターナショナルが毎年発行する人権レポートで、ビルマにおける軍事政権の人権侵害が報告されないことはない。アウンサンスーチーさん率いるＮＬＤ（国民民主連盟）が大勝した１９８８年の選挙後、大規模な弾圧が始まり、軍事政権は民主化活動家達を片っ端から、刑務所に放り込み、残虐な拷問にかけてきた。また、地方の少数民族は国軍による虐殺、レイプ、強制労働など、ありとあらゆる迫害を日常的に受けているのだ。

知らせを聞いて、私は彼女に会いに行った。彼女はいつもの明るい笑顔を作ろうとしていたが、そのときは寂しげに微笑むのがやっとだった。そして、「わたし、どっかいっちゃうかもね」と彼女はつぶやいた。後になって、彼女がビルマにいたとき、村で虐殺があったこと、彼女の親戚も全身に銃弾を受け、蜂の巣のようになって死んだことを知った。

強制送還されないまでも、このままでは入管の収容所に拘束される恐れがある。それだけでも深刻な事態だ。入管の収容所内では、いつまで拘禁されているのかという不安や、理不尽な扱いを受けているというストレスから、被収容者の自殺未遂が毎年のように起き、実際に手遅れとなってしまったケースもある。体調の不調を訴えても、ロクな医療を受けられず、無視されることも多い。さらに、警備官による殴る蹴るの暴力、セクハラやレイプまで行われているという報告もある。[注釈] もし、か弱い友人が収容所に送られたら……想像するだけで恐ろしかった。

注釈「入管収容施設問題を考える　アリさんとジェインさんのページ」を参照。
（http://hw001.gate01.com/sasara/nyukan/index ・html ）

何かにつけて「国際貢献」などと日本の政府の連中は言うが、それなら、なぜ救いを求めて日本に逃げて来た難民たちを拒絶するのか。日本は難民条約を批准している。難民を助ける義務があるのに、実際には助けるどころか、さらなる苦しみを味あわせているのだ。しかも、日本政府は03年5月末まで、ビルマへのODA（政府開発援助）を続け、事実上、軍事政権を支援してきた。もちろん、日本のゼネコンや商社も事業にありついたことは言うまでもない。このとき、私は悟った。日本は平和国家なんかじゃねぇ、と。確かに日本で暮らしていて銃撃戦や爆破事件に巻き込まれることはないし、憲法9条もある。だが実際には、日本の政府は国民からの税金をつかって外国での圧制と虐殺に加担しているのだ。その上、かろうじて逃れてきた難民までも、「入管行政」の名の下に迫害しているのだ。

多くの国民が事実を知らないし、知ろうともしてない。私も自分の友達が危機に陥るまで、何も知らなかった。……いや、本当は知っていたけど、わかっている気になっていたのだろう。情報はあっても何か感じることができなければ、それは仮想現実的なものにすぎなくなってしまう。だから政府が何をやっていても止められないし、そもそもそういう気も起こらない。友人の危機に遭って、初めて私は自分の無力さに気がついた。そしてこのときほど、それまでの生き方、考え方を悔いたことはなかった。

一時はどうなることかと思ったが、幸いなことにビルマ難民の彼女は弁護士の活躍もあって〝在留特別許可〟を得て、日本に住み続けられることとなった。だが、あのとき以来、私の中で何かが変わった。私は大学を卒業して就職したけれども、仕事に身が入らなくなり、結局、辞めざるを得なくなった。私は、しばらくボーッとしていたが、なけなしの退職金をはたいて、海外放浪の1人旅へ出ることを決めた。この世の中がどうなっているのか、この目で見てみたい。イスラエル、パレスティナ、ジンバブエ、マケドニア、コソボ……私は思うがまま1年近く旅して回った。パレスティナのヘブロンで宿を貸してくれた学生は、体に七つの銃弾をブチ込まれていた。アテネの裏通りで会ったアフガニスタン難民は、歩いてギリシャまで逃げて来たという。旧ユーゴスラビアのマケドニアで仲良くなったロマ（ジプシー）の青年は、コソボからの難民だった。NATOの空爆で、セルビア軍から解放されたはずのコソボでは、それまで抑圧されていた多数派のアルバニア人の武装勢力が、少数派の民族を弾圧し始めた。ロマの青年もそうした「コソボ解放」後の犠牲者の1人だった。どんなに正義だの自由だの大義名分を掲げようと、戦争で苦しみ殺されるのは、いつも最も罪のない弱い存在だ。旅を続ける中、そう思うようになった。

帰国後、私はジャーナリストを目指すようになる。ときどき思うのだが、もしあのビルマ難民の彼女に会わなかったら、私はどうなっていただろう？　それ以前からも社会問題に興味がなかったわけでもないし、メディア業界に関心があった。だけども、今とは別の歩み方をしてきたのではないかと思う。もしかしたら、戦場になんかは行かなかったのかもしれない。

あるアフガニスタン難民の死

日本の難民受け入れについて取材の中で、忘れられない事件がある。2002年5月、名古屋で1人のアフガニスタン人が自室で首を吊った。モフセン・ハリリさん（仮名・享年28歳）。彼は、物心がついたときから戦乱が続く祖国を逃れ、日本にやってきた難民だった。残された手紙には、「この様な行いがよくないことはわかっています。しかし、私の人生にはあまりに困難が多すぎるのです」と書き記されていた。希望を抱いてやってきたはずの日本で、彼は何を見たのか。難民支援関係者から、ハリリさんの自殺を聞いた私は、自殺を禁じるイスラム教の信者である彼が、なぜそこまで追い詰められていたのか、取材を始めることにした。

ハリリさんはカブールの北、パルワン州の出身で、ハザラ人だった。ハザラ人とは、日本人などに近いモンゴロイド系の民族だが、その昔アフガニスタンに侵攻したチンギス・ハーンの兵隊の子孫だという言い伝えがあることや、同国では少数派のシーア派イスラム教徒であることにより激しい迫害を受けてきた。タリバンは、1998年の8月にアフガニスタン北部マザリシャリフで5000から8000人というハザラ人の一般市民を虐殺し、現在のカルザイ政

東京入管前での訴え

権に多くの閣僚を出している北部同盟も、1993年カブール西部でたった1日で1000人以上のハザラ人を虐殺した。こうした迫害が続く中、2001年の始め頃、ハリリさんは祖国を後にしたのだった。

「ハリリさんはいつも陽気で、皆に好かれていました」。同じくハザラ人難民で親友同士だったアブドゥル・ワヒド・マンスールさんは、ハリリさんが来日した頃を振り返る。

「日本のハザラ人社会は狭いので私達はすぐ知り合い、出身も同じだったので仲良くなりました。近くにある公園の風景は私達の故郷に少し似ていて、よく一緒に行ったものです」。殺される心配もなく出歩け、先に来日していた仲間もいた。ハリリさんは中古車部品を輸出する仕事も始め、人生をやり直そうとしていた。

しかし、2002年春、難民申請ために東京の入国管理局を訪れたことから、ハリリさんの人生に再び暗い影がさす。面接した調査官は「お前はハザラ人ではない」と言い放ち、ハリリさんの言い分を全く聞こうとしなかったのだ。「ハリリさんは大変ショックを受けていました」と、マンスールさんは言う。「入管の面接では、ハザラ人と対立するタジク人やパシュトゥン人が通訳することがよくあるのです。ハリリさんのときも、証言が歪められて通訳されたのでしょう。せめて、同じシーア派イスラム教徒で、言葉も近いイラン人を通訳にしてほしい」。

このような難民申請における入管の問題は、以前から指摘されていた。難民と面接する調査官は、専門的な教育を受けることがなく、他の仕事を兼務しているという者がほとんどだ。アフガニスタン情勢の理解も十分でなく、ハザラ人の難民申請者に対し「オサマ・ビンラディンについて何か知っているか?」としつこく聞き続けたケースもある。ハザラ人は、アルカイダを支えたタリバンに迫害された犠牲者であるのに。

入管での1件以来、ハリリさんは表情が暗くなり、口数も少なくなった。2001年の夏から、特に米国同時多発テロ以後、日本のアフガン難民は次々と入管の収容所に収容されていた。「家族を殺されたり自分も拷問を受けたりして助けに求めに来たのに、なぜこんな目に会わなくてはならないのか」。理不尽に自由を奪われ、狭い部屋に押し込められたアフガン難民たちは、体重が激減し不眠や頭痛を訴えた。さらに2002年に入ってからは、ハサミで体を切りつける、洗剤を飲むなどの自殺未遂事件が相次いだ。
「ハリリさんは同胞の悲惨な状況を東京の入管で聞いていたようだ」とマンスールさんは言う。名古屋でもハリリさんの友人の1人が収容されていた。ハリリさんは、「自分も難民と認められず収容されるのではないか」と不安を口にするようになった。

強制収容への不安を抱いていたハリリさんに、日本の制度はさらなる追い討ちをかけた。2002年3月半ば、ハリリさんは自動車事故で右腕骨折、内臓破裂という重傷を負い入院した。だが、難民申請中でも無料で医療を受けられるEUや北欧の国々と異なり、日本では政府からの医療支援はなく保険に入ることもできない。ハリリさんは2カ月の入院が必要だったが、治療費の90万円を払えず、1カ月後、治療半ばで退院せざるを得なかった。退院後のハリリさんは、以前にもまして落ち込み、丸1日、部屋に閉じこもることが増えた。心配した友人達は、何度も部屋を訪ねて一緒に食事をとったが、ハリリさんは「胃が痛い」とほとんど食べ物に手をつけず、ときどき、残りの治療費の支払いや収容について不安をもらす以外、口を開くことはなかった。

5月17日。ハリリさんが電話に出ない。マンスールさんは心配になって15回もかけたが、やはりハリリさんの声を聞くことはできなかった。マンスールさんら友人達が部屋に駆けつけると、首を吊ったハリリさんが既に冷たくなっていた。

「なぜ、私に相談してくれなかったのか。それほど絶望が深かったのか……」。名古屋の難民たちを法律面から支える名嶋聰郎弁護士は悔しそうに語る。マンスールさんも弁護士に相談するよう、ハリリさんを説得していたが、退院後の彼は全ての希望を失ってしまったようだった。そして、そこまでハリリさんを追いつめたのは、まぎれもなく日本の難民受け入れ制度だった。

6月22日、大阪。日本の難民受け入れ制度を問うシンポジウムにマンスールさんの姿があった。彼は会場に集まった数百人の人々を前に訴える。「私の友人の死を知ってください。彼の犠牲を無駄にしないで下さい」と。

キンマウンラさん一家

もう1人、忘れがたい難民がいる。ビルマ人のキンマウンラさんだ。キンマウンラさんは、軍事政権の圧政から逃れ1988年に来日。1993年に日本で知り合ったフィリピン人マリアさんと結婚し、長女デミちゃんと次女ミッシェルちゃんが生まれた。1994年に難民認定申請、2003年には再認定申請を行ったが、ともに認められず、同年10月、キンマウンラさんは東京・品川の入国管理局の収容所に拘束されてしまった。しかも、法務省は妻と2人の娘の日本在留も認めず、国外退去処分にしようとしている。もし、キンマウンラさんがビルマに強制送還されてしまったら、身の危険はもちろん、マリアさんや子ども達とバラバラになってしまう……。

この時点では、私はキンマウンラさんと面識はなかったが、03年11月末、東京入管へ面会に行った。ガラスと壁で仕切られた面会室に、キンマウンラさんがやってきた。

「5月からビルマ情勢はますます悪化しています。民主化活動歴のあるビルマ人が送還されれば、どんな迫害を受けるかわかりません」

キンマウンラさんは、来日の翌年に「在日ビルマ人協会」を設立。ミャンマー大使館前のデモに参加するなど、民主化運動に関わっていた。

「つらくなるので、先のことはなるべく考えないようしていますが、収容所では1日中することがなく、どうしても妻や子どもたちのことを考えてしまいます。妻はできるだけ面会に来てくれますが、2〜3時間は待たされます。面会時間はたった10分だけ」

キンマウンラさんは、1日2時間の自由時間以外、8畳の部屋に5人という狭苦しいところに閉じ込められている。キンさんの頰はこけ、眼の下にはクマができていた。

「子どもが心配で眠れなくて。夢にも出てきます。食欲もない」

マリアさん曰く。「めったに弱音を吐かない強い人」だそうだが、収容生活はかなりこたえているようだ。私は、東京・蒲田にあるキンマウンラさんの家も訪ねた。

「娘たちは毎晩、パパの枕を抱いて寝ています」とマリアさんは言う。「娘たちはパパに甘えるのが大好きで、デミは小学校4年生になるのに〝お馬さんごっこ〟でパパの背中に乗っていました」。

キンマウンラさんは、休日は家族と一緒に過ごした。「よくレストランに連れてってくれた。映画やプールにも」と娘たちは話す。2人はキンマウンラさんが収容されてから1度だけ面会に行ったが、ガラスで仕切られた面会室にショックを受けたという。「すぐ目の前にいるのに触れられないなんて……」とマリアさん。デミちゃんは夜中、突然泣き出すこともあるという。

そんな一家を救うべく人々が立ち上がった。ビルマの民主化を支援し、同国の歴史や文化への理解を深めようとするNGO「ビルマ市民フォーラム」が始めた、キンマウンラさん解放と一家の日本在留を求める署名は、わずか1週間で1万5000人以上も集まった。社をあげて署名集めに奔走したのがキンさんの勤務先の運送会社、（株）吉田運輸機興の社員たちだ。社長の吉田勝彦さんは、「11年間ウチで真面目に働き、税金や年金も納めてきました。日本に迷惑をかけるどころか、貢献しています。それなのにこの仕打ちはひどすぎる。私は日本人として恥ずかしい」と語る。吉田さんは、94年に知り合いの仲介でキンマウンラさんと出会い、難民認定申請中で問題ないと助言されたので雇い入れた。キンマウンラさんは真面目に働き、吉田さんは絶大な信頼をよせるようになったのだという。

「ウチみたいな小さな会社は、どこも人手不足で大変なんですが、キム君（キンマウンラさんのこと）は本当によく頑張ってくれている。ちょっと大げさかも知れないけど、働くキム君の横顔を見ていると、この小さな会社を救うために神様が彼を送ってくれたんじゃないか、そんな気すらしてくるんです」

キンマウンラさんが拘束されてから、吉田社長は仕事返上で、署名集めに奔走した。当然、社員の負担を増えたが、誰も文句を言わないばかりか、署名も自ら集めているのだという。

また、自宅隣の大型マンションの住民も署名に参加した。近所の署名が半分以上を占めているという。「今回は子どもたちに助けられています。デミやミシェルの友達がたくさん家に遊びに来るんで、そのお母さん方が署名を集めてくれたんです」とマリアさん。

蒲田駅周辺は、外国人が多く住み、地域の中小企業の貴重な労働力となっている。学校でも外国人の生徒がいることが自然だという。付近の住民にもキンマウンラさんについて話を聞いたが「かわいそうだよねぇ。いい人なんだから」というような意見が多かった。

こうした暖かな人々の思いと相反するのが、小泉政権の対応だった。11月3日のＴＢＳ「ニュース23」での党首討論でもキンマウンラ一家のことが話題となったが、小泉首相（当時）は「日本は亡命を認めていない」と言い放った。ちょうど番組を見ていた私は「日本が難民条約を批准していることを知らないのか？」と唖然した。

さらに同月26日、参議院予算委員会で民主党の江田五月議員が、キンマウンラさん一家の在留を認められないか質問したところ、野沢太三法相（当時）は呆れたことに「私の裁量で左右してはいけない課題」などと答弁した。「出入国管理及び難民認定法」では、難民認定の権限は法務大臣にあるし、申請を認められなかった難民が不服申立するのも、在留特別許可を認めるのも、やはり法務大臣なのである。実際に難民認定審理を行うのは、法相ではないのだが、その認定審理プロセスは極めて不透明であり、野沢法相の発言は難民認定の法的欠陥を自ら暴露している。キンマウンラさんら一家の在留を認める、認めない以前に、法律に明記された責任を放棄するかのような、あまりに無責任な発言で、よく法相なんかやってるよ、と言いたくなった。

だが、キンマウンラさん一家のことは、新聞やテレビで大きく報道され、同情論が広がった。ビルマ市民フォーラムが集めた署名は2万筆近くになり、12月15日には連合が加盟する20団体から集めた、427万人分の団体署名を持って申し入れを行った。そして遂に、同月19日、キンマウンラさんは49日ぶりに仮放免されたのだった。その後も署名は、キンマウンラさんの在留許可を求めるかたちで継続され、2004年3月5日には、野沢法相は閣議後の記者会見で、キンマウンラさん一家の在留を認める意向を表明。同月9日に、正式に在留許可が認められたのだった。

収監中、キンマウンラさんは彼を法律面からサポートした渡邉彰悟弁護士との面会で、「ビルマ語の表現で『象に噛み付く蟻』というものがあります。今の私と日本政府との関係は、この表現があてはまるものかもしれません。しかし、私は日本政府がこの蟻の痛みを感じてくれると信じています」と語ったという。最初1匹だけだった蟻は、何万、何百万となり、ついに象に勝った。

法改正と日本の難民受け入れの課題

難民条約を批准しているのにも関わらず、他の先進国諸国に比べ極端に難民の受け入れ人数の少ない日本。「難民鎖国」というべき状況は、いくつか前向きな変化があったものの、まだまだ課題は大きい。

年間の難民受け入れ人数は、公表されている最新データである2005年では、「難民認定」が46人で、年間1~26人だった過去10年の中ではダントツに多い。難民とは認められなかったものの、「人道的配慮による在留」を許された人数も、2005年は過去10年では最多で96人。これは進歩といえばそうとも言えるのだが、2005年の諸外国での難民受入数の統計を見てみると、「難民認定」は米国で1万9766人、フランスで2万2145人。日本と同じく島国で、国土はさらに狭いイギリスですら、8435人を難民として認定し、2970人を人道的配慮から受け入れている。日本の難民受入数は文字通りケタ違いに少ないのだ。

大きな変化としては、2004年6月、出入国管理及び難民認定法の一部を改正する法律案が国会で可決されたことだろう。これにより、悪名高かった「60日ルール」が撤廃された。これは、入国から60日以内に難民認定を申請しないと、それだけで不認定になるというものだが、日本に来た難民たちはこのルールの存在自体知らないし、多くの場合、言葉の問題や慣れない環境に対応していくのに必死で、60日以内に難民認定申請を行うなど、到底難しかったのである。そのため、弁護士やＮＧＯからは、撤廃が求められていた。

法改正で「仮滞在許可」制度が新設されたことも、一応進歩だと言えよう。これまでは、難民認定の審査中でも、「不法滞在」(多くの場合、オーバーステイ)を理由に、強制送還したり、入管の収容所に拘束したりというようなことが起きていた。これに対し、新設された「仮滞在許可」を申請して認められれば、難民認定審査の結果が出るまでは、強制送還されたり、拘束されたりしないで済む。だが、そもそもは審査結果も出てないのに、強制送還・拘束を行うこと自体がムチャクチャなのだ。「仮滞在許可」が認められるかは入管の裁量次第で、しかもどのような判断がされるかは不透明。また仮に「仮滞在許可」が認められても、就労することは認められないので、難民達の生活は苦しくなる。

２００５年5月16日からは、「難民審査参与員」制度がスタートした。難民認定審査に関しては、審査する側がそもそも難民や紛争などの問題に精通しておらず、判断基準も不透明などといったことが批判されてきた。こうした問題点に対処するため、難民認定が認められなかった難民が異議申立した際、法務大臣は外部の第三者＝「難民審査参与員」の意見を聴くことが義務付けられたのだ。これまで密室だった難民認定の審査に、法務省以外の人間が関与できるようなった意義は大きい。ただ、日本の難民を支援してきた弁護士やＮＧＯなどからは、「難民審査参与員の選定基準が公開されていない」「異議の手続きに参加するために必要な第1次審査で行われた、聞き取りなどの関係書類の閲覧ができない」などの課題を指摘している。

難民認定されないトルコ系クルド人

制度上の問題だけではなく、出身国による恣意的な対応も、日本の難民受け入れの暗部となっている。「難民認定行政——25年間の軌跡」（法務省発行、2006年）によると、日本の難民認定制度が発足してからの難民認定申請の総件数の中で、トルコの出身者は16・6％で第2位を占めている。それにも関わらず、これまでトルコからの難民が難民認定されたケースはただの一つもない。トルコからの難民のほとんどは少数民族のクルド人で、迫害がピークにあった1990年代には3000以上ものクルド人の町や村が破壊され、廃墟と化すなど凄まじい迫害を受けてきた。その後、EUへの加盟でクルド人への迫害が問題とされたトルコ政府は、人権問題の改善を表明したものの、2006年3月末から4月にかけて、トルコ各地でクルド人が逮捕・殺害されたことに反発しての爆破事件や暴動も起きている。

トルコでクルド人が迫害を受けていることは、もはや国際的な常識であるのに、何故、法務省はただの1人も難民として認定しないのだろうか。クルド難民支援関係者や弁護士の間では

「親日国トルコに配慮しているのでは」という声も多い。真相は定かではないが、法務省の対応は明らかに不自然だ。

2004年の7月には、法務省がトルコ警察や軍とともに、現地で難民認定申請者の身元調査を行うという暴挙に出た。法務省は、「出稼ぎ目的で来日していると推測され、その出身地域を視察して生活実態を明らかにする必要がある」と主張するが、難民認定申請者だけでなく、本国の家族をも危険にさらす恐れがある。この暴挙に抗議して、東京・国連大学前で座り込みを始めた、エルダル・ドーガンさんら一家に私も話を聞いたのだが、「トルコにいる家族は、弾圧を恐れて逃げ回っている。連絡もつき辛くなってしまった」とエルダルさんは憤っていた。

さらに国連大学前で、ドーガンさん一家とともに座り込みをしていたカザンキランさん一家のうち、父親のアフメトさんと長男のラマザンさんは、2005年1月18日、入国管理局によって、強制送還されてしまった。2人は国連難民高等弁務官事務所（UNHCR）からも認定されたマンデート難民だった。マンデート難民とは、本来は難民条約に加盟していない国の難民に対する救済措置として、UNHCRが独自に調査・認定しているもの。条約加盟国である日本にいる難民をマンデートとして認定しないといけないという状況自体が異常なことだが、あまつさえ、マンデート難民を有無を言わさず強制送還するとは、難民条約そのものを愚弄するかのような大暴挙だ。

不幸中の幸い、アフメトさんとラマザンさんは最終的にトルコを出国、他の家族とともにニ

国連大学前での座り込み

ュージーランドで難民として受け入れられたものの、一歩間違えば取り返しがつかないことになっていたことも、あり得たのである。

ドーガンさん一家もカナダに移住する計画で現在審査中だが、デニズ・ドーガンさんは抗議活動の中で知り合った戸谷加奈子さんと結婚したため、申請は却下されてしまった。しかし、現在（07年5月）もなお、入管は日本の法律の下に加奈子さんと婚姻関係にあるデニズさんの配偶者ビザを出そうとしていない。このままでは、最悪の場合、アフメトさんとラマザンさんのように強制送還され、夫婦がバラバラになってしまう恐れもある。なぜ入管がそこまでトルコからのクルド難民を毛嫌いするかは知らないが、法務省は「法の下の平等」に基づいた対応をするべきだ。

「私達は人間です」

これまで、日本に来た難民達に何人も会ってきたが、彼らが決まって言うことは「私達は人間です。人として扱ってほしい」という言葉だ。

この言葉は何度聞いても、胸に突き刺さる思いがする。迫害から故郷を捨て、必死に逃げてきた難民が、平和なはずの日本でまたもや迫害を受けなくてはならないのか。彼らが求めているのは、決して特別なことではない。拷問されたり殺されたりしないで、家族と幸せに暮らしたい。人として当たり前な、ただそれだけのことなのだ。確かに、日本に来る外国人の中には、犯罪に手を染めてしまう者もいる。だが、外国から来たというだけで、なぜ、故郷の迫害の中ですら自殺しなかった人々が自ら命を断とうとするまで、追い詰められてしまうのか。

これは、難民達だけの問題ではなく、日本という国のあり方、私達日本人という存在そのものが問われている問題だと、私には思えてならない。

エピローグ

「187番」との再会

「やあ、188番、久しぶりだな」

カーシムは、ニヤッと笑って言う。私と彼が現地取材中、米軍に不当拘束され、8日間、捕虜収容所に拘留されたときの囚人番号だ。

「やあ、187番」と、私も笑う。

カーシムと再会するのは、バグダッドで取材中に少し会ったのが最後だから、実に3年ぶりだ。あれから、カーシムは高遠菜穂子さんと協力してラマディ市や、隣のファルージャ市での再建に尽くす、エイドワーカーとなっていた。彼は、今年3月23日から4月18日まで、日本のイラク支援NGOや個人による「イラクホープネットワーク」の招聘で来日した。日本のマスメディアが報じない、現地の状況を伝えるために。

「酷いものだよ、レイ。この3年間、米軍は僕らの街を包囲していて、毎月のように激しい掃討作戦が行われていて、連日のように人々が殺されている。傷ついて倒れている人を戦車が轢き潰していくのも見たよ……7歳の少年ですら頭を撃ち抜かれて死んだ。狙撃兵の連中は賭けているんだよ。的に当たるか、当たらないかを。街の中心部では『狙撃の邪魔になる』とかで、一区画がまるまるブルドーザーで壊された。ここには二つの学校と200の民家があったのだけど、文字通り真っ平らにされたんだ。空爆も日常茶飯事さ。つい先月も、米軍の爆撃機が民家4軒を空爆して、26人が死亡している」

カーシムは、淡々と語るがその瞳の奥には、以前よりもさらに深い苦悩があるように思えた。無理もない。彼は凄まじい暴力と悪意を目にし続けてきたのだから。街は荒廃し、電気も水もない。米軍は食料品や医薬品といった、人々が生きるための最低限のものすら奪っていく。これらを置いている店は、片っ端から破壊された。だから、人々は街の両側を流れる川を密かに渡り、食料などを持ち込むのだという。

「一番深刻なのは、医療環境の悪さだよ。一つの病院は完全に破壊され、もう一つの病院も米兵に占拠されているんだ。仮に病院が機能していたとしても、米軍の検問所で止められて辿りつけない。僕の兄のようにね」

昨年6月、交通事故を起こしたカーシムの兄は、瀕死の重傷を負った。家族は彼を病院に連れて行こうとしたが、米軍の検問を通ることができず、治療を受けられないまま、息絶えたのだ。

講演するカーシム

なぜ、ここまで米軍は非人道的に振る舞えるのか。カーシムの話を聞いていて、私は改めて疑問に思う。収容所にいた〝スキン〟の様に命令されているのか？　未だに「9・11事件はサダムの仕業」などと信じているのか？　いずれにしても、現地に記者がいない、つまり監視の目が無いことが大きいのだろう。だからこそ、ラマディの状況をブログに英文で書いていたカーシムを、米軍は昨年9月、拘束した。

「夜中に突然、米兵達が僕の家に突入してきたんだ。彼らは、僕のコンピュータも壊していったんだ。僕は米軍の捕虜収容所に連れていかれ、尋問を受けた。取調官は、プリントアウトした僕のブログを見せて、『武装勢力のためのプロパガンダだ』と言うのさ。彼は戦友が負傷したことで、相当ナーバスになっていた。そして、『われわれはお前の甥もここに拘束されているのを知っているぞ』と僕を脅したんだ。地図でラマディのどこが空爆されているか、指し示しもした。連中は、その気になれば、僕の家を空爆できるんだ。心底恐ろしかったよ」

収容所の中でカーシムや他の捕虜達は、屈辱的な扱いを受けた。米兵や他の捕虜達の前で、毎日2回、裸にさせられたのである。

「シャワー待ちだって米兵達は言うけど、何で10～20分も人前で裸になって突っ立ってなきゃいけないんだい？　米兵は僕らを見て笑ってたけど、僕らに恥をかかせるのが、本当の目的なんだろうね。収容所には、子どもや老人、病人もいて、僕らと同じような扱いを受けていたけど、あれは見ていて辛かった。ラマディの男のほとんど全員がこうして、理由も無く収容所に放りこまれた経験があるんだ」

カーシムを窮地に追いやったのは、自身のブログだったが彼を救ったのもブログだった。ブログの読者である欧米の平和運動家達が、連絡の取れないカーシムの身を案じてネット上で騒ぎたてたのである。「米軍もそれを見ていたのだろうね」とカーシムは語る。

揺るがない非暴力の決意

来日したカーシムは、北海道や東京、広島など全国7カ所を訪問し報告会を行った。その間、温泉につかるなど観光を楽しんだり、日本人のジャーナリストや援助関係者との旧交を温めたりした。だが、そんな「つかの間の平和」の中でも悲報がカーシムを襲う。彼の従兄弟が惨殺されたのだ。

「先月末、米軍が従兄弟の家に来て彼の家族を拘束したんだ。人質としてね。それで、従兄弟は近くのイラク軍の基地に出頭した。その3日後、野犬に食い荒らされた従兄弟の遺体がゴミ捨て場で見つかった……彼は拷問の挙げ句に殺された。まだ16歳だったのに」

さすがに、カーシムの落ち込みようは激しかった。死んだ兄も夢に出てきてうなされたのだということ。しかし、それでもカーシムは、気丈にも講演やメディア取材への応対をこなし、破壊された街の復興に力を注ぐ決意を語った。

カーシムが街の再建を続けるのは、「心の再建」でもあるのだそうだ。家族や友人を殺されたラマディやファルージャの住人達は、ほっておけば武器を手にとって、米軍への報復に走ってしまう。だが、そうなれば米軍は、さらに激しい攻撃を行い、より多くの人々が殺されることになってしまうのだ。だから、街の再建を皆に手伝わせ、忙しくすることによって、人々を怒りや恨みから解放させるのだという。

だが、カーシムは、あれほど酷い現実に直面していながら、なぜ非暴力を貫くことができるのか。私がそう聞くと、カーシムは「それはナホコ（高遠菜穂子さん）のおかげさ」と言う。フセイン政権崩壊直後、医療物資の支援のため、イラク入りした高遠さんにカーシムは偶然出会い、彼は高遠さんのガイドを務めた。その間、2人は喧々諤々の議論を交わしたのだという。

「ナホコは、武力で米軍に抵抗しちゃいけない、暴力は暴力を呼ぶって言うんだ。彼女は日本の憲法9条のことを僕に教えてくれたけど、当時の僕は非暴力なんか信じなかった。占領者と戦って何が悪いって。僕達はいつも口論してたんだ」

ガイドとして、高遠さんの支援活動を手助けすることはあっても、自ら積極的に関わることは無かったカーシムを変えたのは、高遠さんも巻き込まれた04年4月の日本人人質事件だった。

「あれは僕にとっても、とてもショックな事件だった。でも、ナホコは解放された。そのとき僕は、ナホコの非暴力が勝ったんだと感じた。僕はナホコにメールを書いて、その夏からファルージャ避難民への支援活動を始めた。もうイラクに来られないかもしれないナホコの代わりに、僕が働くと決めたんだ」

それから3年近く経ち、カーシムは、ファルージャやラマディなどで学校や消防署、診療所、そしてインターネット・カフェの支援や設立に携ってきた。今後は、ラマディに医療施設を作りたいと言う。武力ではなく、あくまで再建に力を注ぐこと。危険を冒してでも、ラマディの状況を伝え続けること。それがカーシムの「抵抗」なのだ。

「今はイラクの憲法にも、9条のようなものがあるといいと思う。全ての銃がイラクから無くなることが、僕の願いなんだ」

全く、大したやつだぜ……。カーシムの澱《よど》みのない言葉を聞いて、私はただただ感服した。そして、恥じた。ジャーナリストでもないカーシムが、それこそ身の危険を冒してまで現地の状況を伝え続けているのに、私を含めた日本のジャーナリズム業界の人間達は一体、何をやっているのだろうか？　イラク情勢はどんどん悪くなる一方なのに、「数字がとれない」などとほざき、イラク報道そのものから手を引こうとしている。ときどき、ニュースが取り上げることといったら、お決まりの「～でテロがありました」的報道。なぜ、イラク情勢が荒れ続けているのか、その背景には何があるのかが論じられることはない。米軍の空爆や民兵達の襲撃で、イラクの人々がどれだけ殺されようとも、日本の報道にとっては、メジャーリーグで松坂選手や松井選手の成績がどうだった云々といったことの方が、よほどトップニュースとしての価値があるらしい。カーシムと比べて、果たしてどれだけの日本のジャーナリズム関係者が、その使命を全うしていると言えるのだろうか。

「平和な国」の一国民としても、恥じなければならないだろう。イラク最激戦地に住むカーシムが憎悪を抑え、非暴力を貫いているというのに、今の日本は一体どうだろうか。卓上の議論で「脅威」が声高に叫ばれ、報道がそれをさらに煽りたてている。人々は「恐怖のシナリオ」に不安を駆られ、右傾化していく一方で、イラクに派遣された航空自衛隊が米軍兵士や物資の運搬をしているなど、日本がますます米国の軍事行動と一体化している現実に目を向けようとしない。

日本政府が対米追従を続ける中で、辛うじて歯止めとなってきた平和憲法も、今や風前の灯だ。そして、何よりも憂うべきこと、それは多くの人々の心が荒廃しきっていて、感情的な短絡思考になっていることだ。政府を少しでも批判すれば、反射的に「反日」「北朝鮮の工作員」といったレッテル張り。民主主義の社会にあって、気に食わない相手には自由な発言を許さず、徹底的なバッシングや嫌がらせを行うという、この国の病理はある意味、独裁体制の国のそれよりも深刻なのかもしれない。イラク開戦時の米国や、レバノン侵攻時のイスラエルのように、独裁的な政府に強要されたのではなく、人々が自ら熱狂的に戦争を支持することほど、唾棄すべきことはない。今や、日本もそうした「民主的な暴力性」に染まりつつある。

たたかう！　ジャーナリスト宣言

正直言うと、私もときどき「この国においてジャーナリストであることに何の意味があるのか」ということを感じることがある。もはや事実がどうなのかよりも、キャッチーで、声が大きい方に人々は流れていくからだ。

だが、この間、記事を書き、講演を行う中で、多くの励ましも受け取ってきた。そして何より、再会したカーシムの生き様を見て、改めて奮い立たされた。今のような時代・状況だからこそ、どんなことがあっても屈しない、力強いジャーナリズムが必要なのだろう。

5年前の元旦、私は「志葉」という名を自分につけた。葉はエコロジー的なもののシンボルで、ノアの箱舟にハトが運んできた「希望」でもある。この間、出会った全ての人々に感謝したい。まだまだ、非力で未熟な私だが、今まで受け取ったものを無駄にはしない。これからがむしろ始まりなのだ。恥を承知でここに宣言しよう。志すは、緑豊かな平和な世界。この志に、生涯を賭ける。

著者略歴

志葉　玲（しば　れい）

1975年東京生まれ。

大学卒業後、番組制作会社を経て、2002年春から、環境・平和・人権をテーマにフリーランスジャーナリストとしての活動を開始。雑誌・新聞に寄稿する他、映像をテレビ局や通信社に提供。

イラク戦争／占領に関しての報道でコメンテーターとして発言することもある。

2003年のイラク戦争では、3月22日〜4月6日まで、空爆下のバグダッドで取材。2003年6月の取材では、イラク中西部ラマディにて米軍に不当拘束され、捕虜収容所に８日間拘禁される。

2004年２〜３月、５〜７月には、バグダッド、サマワ、ファルージャなどで、米軍による「テロ掃討作戦」、自衛隊の活動などについて取材。2004年7月以降も現地人脈を活かし、イラク情勢に関する情報を発信し続けている。

その他、2005年2月と12月に津波で被災したインドネシア・アチェ州を取材、2006年8月はレバノン戦争での現地取材を敢行。

たたかう！　ジャーナリスト宣言

2007年６月３日　第1刷発行

定　価　（本体1800円＋税）

著　者　志葉　玲

発行者　小西　誠

装　幀　宇都宮三鈴

発　行　株式会社　社会批評社

東京都中野区大和町1-12-10小西ビル

電話／03-3310-0681　FAX／03-3310-6561

郵便振替／00160-0-161276

ＵＲＬ　http://www.alpha-net.ne.jp/users2/shakai/top/shakai.htm

Email　shakai@mail3.alpha-net.ne.jp

印　刷　モリモト印刷株式会社